Sonya
ソーニャ文庫

三年後離婚するはずが、なぜか溺愛されてます ～蜜月旅行編～

春日部こみと

JN131192

イースト・プレス

contents

プロローグ　夜の海

夜の海は黒く、月のない新月の夜空との境目が昼以上に分かりづらい。

複雑に入り組んだ地形をしたこの湾は、切り立った崖と小さな砂浜があるだけで、民家の類はほとんどない。

――つまり船を隠すにはもってこいの場所なのだ。

「おい、ジュード。荷物は全部運び込んだんだろうな」

船室で酒を呷《あお》っていた男が、赤ら顔でこちらを見た。その肌は痘痕《アバタ》だらけで、自分とそう歳は変わらないはずなのにひどく老けて見える。だが仕方ない。常に潮風と太陽に晒《さら》される船乗りの肌は、汚くなるものなのだ。

(なんでもかんでも俺にやらせやがって……自分は酒かっくらって寝てただけで何もしてねえくせに、命令だけはご立派ときてやがる)

ジュードは内心舌打ちしながらも、ヘラリと笑顔を浮かべて頷いた。

「はい、バッチリっす、ボス！」

「そうか。今回は全部で何人いるんだ？」

訊《たず》ねる間も、グビ、と瓶《びん》に直接口をつけて酒を含む様子に、またもやむかっ腹が立ったが、それをグッと堪える。

「三百人くらいっすね。その内、子どもが半分です」

「子どもは高く売れるからな。なるべく見た目の良いのを死なせねぇようにしろよ」

「はい」

ヘラヘラと笑って頷きながらも、ジュードは頭の中で計算していた。

（多分、少なくとも百人は途中で死ぬだろうなぁ……）

この蒸気船の最下層にある貨物室に詰め込まれている荷物は、売られた人間たちだ。その半分は十代の子どもたちで、中にはまだ言葉も覚束《おぼつか》ない幼児もいる。ぎゅうぎゅうに詰め込まれた劣悪な環境の中で、食料はおろか、水も満足に与えられずに四日から一週間の航海に耐えられるのは、体力のある者だけだ。

（餌も水もケチるくせに、子どもを死なせねえようにって、無茶な話だよ）

これで子どもが死ねば、ジュードのせいだと言って殴ってくるのだから、本当にこの男は始末に負えない。

（……だが、こいつがボスなんだから仕方ねえ……）

目の前の仕事をしない酔っ払いは、ジュードが所属する人身売買組織の幹部の一人だ。

ジュードはその腹心とされているが、要するにこの男に良いように使われているだけ。貧乏くじを引かされたようなものだ。仕事はほとんどジュードがやっているが、組織から入る金はボスが管理しているから、ジュードは言うことを聞くしかないのだ。

ボスはジュードより少々頭が回り、要領が良かったために組織の上役に目をかけられた。たったそれだけの違いだ。本当は組織からもらう金だって、実際に働いているジュードが受け取るべきものなのだ。

（くそっ、金の隠し場所さえ分かれば、こんな酔っ払い、すぐにブッ殺してやんのに……）

ボスはこれまで稼いだ金をたんまりとどこかに隠しているらしい。組織からの配当金だけでなく、奴隷売買の時に売上をちょろまかして懐《ふところ》に入れているのを、ジュードは知っている。あれだけの金を手にしていながら、この男はドがつくほどのケチだ。使うのはもっぱら酒を買う時くらいで、呑むのはいつも安酒ばかりときている。

（だから金を溜め込んでいることは間違いないねえ。問題は、それをどこに隠しているか、だ……）

腕っぷしはジュードの方が強い。金の在処《ありか》さえ分かれば、こんな偉そうな役立たずなんぞさっさと殺して、金を奪って逃げてやる。

ジュードはいつだってその時を狙っている。今こうしてボスに従順なふりをしているのも、隠し金を奪って逃げる機会を待っているからだ。

「おい、ジュード。そろそろ……」

酔っ払いが何か言いかけた時、ドォン、と派手な音と共に、船が大きく揺らいだ。

「おおっ!? なんだ!? どうした!?」

「ボイラー室か!? 爆発でも起こしたのか!?」

組織の者たちが慌てて船室を出て外へと走り出す。ジュードも慌ててその後に続いた。

ボイラー室は石炭を燃やす場所で、たまに爆発を起こして作業員が死ぬことがある。今回の渡航では、作業員をギリギリの人数しか用意していないから、死なれたら厄介だ。

まいったな、と思いながら辿り着いた甲板で、ジュードは度肝を抜かれた。

そこは黒ずくめの男たちで埋め尽くされていた。それも、黒い軍服を着た、屈強な軍人たちだ。

「なっ……?」

「なんだ、お前たちは！」

どうやら外にいた見張りたちはすでに捕縛されているようで、姿が見当たらない。誰何《すいか》の声を張り上げると、黒ずくめの男たちの間を割るように、一際背の高い男が現れた。

上等なフロックコートに、ランタンのわずかな光さえも反射する磨き上げられた革靴、背筋の伸びた美しい歩き方――一目で貴族と分かる出立ちに、皆が息を呑む。

（なんで、こんな所に貴族が……!?）

驚いたのは、貴族だったからだけではない。

その男が、異様なまでに美しかったからだ。

緩く波打つ黒髪は、男にしては長めだ。その髪が潮風に嬲《なぶ》られて靡《なび》く様子は女性的な印象なのに、体格は居並ぶ軍人たちと同じくらいに大きく逞しい。目の前に立たれれば、壁のようだと感じるだろう。

その大柄な体躯の上に乗るのは、息を呑むほどの美貌だった。白皙《はくせき》の面は遠目からでもその肌理《きめ》の細かさが分かるほど滑らかで、陶器でできた人形だと言われれば信じてしまいそうだ。高く通った鼻梁《びりょう》、やや薄い唇、形の良い眉、そして何よりも印象的なのは、その切れ長の目だ。湖水のようなアイスブルーの瞳が、暗闇の中で発光しているかのように輝いて見えた。

人ならざるものの美だ、とジュードは思った。それほど完璧すぎる美しさだった。

男はその美貌をクイと傾けてジュードたち船員を見遣ると、何の感情も浮かばない淡々とした口調で言った。

「私たちは非人道的犯罪組織対策機関、ＣＣＡＨＵだ」

その名称に、皆がギョッとして後退《あとずさ》りしたのが分かった。それは最近ジュードたちの間で話題となっていた名前だったからだ。

この国では五十年以上前に奴隷制度が廃止された。だがそれは建前で、奴隷と呼ばれなくなっただけで、家畜のように扱き使われる者たちは存在したままだった。人身売買も大っぴらにではなくなっただけで水面下では普通に行われていたし、国もそれを積極的に取り締まっては来なかった。

なぜなら、貴族からの反発が強かったからだ。貴族の中には領地で奴隷を使った農場経営を行っている者も少なくなかったのだ。

だが一年ほど前に、現王が人身売買を取り締まる新たな機関の創設を宣言した。

それがＣＣＡＨＵである。

国王の勅令により発足したこの機関は、人身売買組織の摘発と撲滅を目的としており、そのための軍隊も所有している。それだけでなく、情報収集力にも非常に長《た》けており、発足から数ヶ月足らずで大きな組織を三つも壊滅させたことで、界隈を震撼《しんかん》させた。

どうやらＣＣＡＨＵを率いているのは、恐ろしいほどの切れ者らしい。そしてそれが高位貴族であるらしい、と噂になっていたのだった。

（……この男が……！）

そのＣＣＡＨＵの指導者なのだろう。

大勢の軍服の中、一人だけ貴族の格好をした美丈夫が佇む光景は異様だ。だがそれがかえってこの男の非凡さを表しているようにも感じられた。

船員たちは男の独特の迫力に圧されて身動《みじろ》ぎもできない。

男はその様子を無感動に一瞥《いちべつ》すると、スッと片手を上げ、淡々とした口調で言った。

「逃げる者、反抗する者は直ちに処刑する。行け」

覇気のない号令の声だったが、軍人たちは慣れているのか、無言のまま突進してくる。

「おっ、おい！」

「ヤベェ、武器だ！　武器を持って来い！」

「かかれ！　かかれぇ！」

心の準備をする前に向かって来られて、船員たちが戸惑いながらも応戦しようとしたが、相手は訓練された軍人である。連携の取れた無駄のない動きに、ならず者の集団など太刀打ちできるわけがない。次々と捕縛されていく仲間を横目に、ジュードは密かに走り出した。

（やべえ、やべえ、やべえ！）

あの連中に捕まれば、流刑地である西の大海の真ん中にあるルテマン島へ送られる。周囲二千キロメートル海しかない絶海の孤島である。そうなれば、一生を何もない孤島で過ごさねばならず、ジュードがこれまでしてきた苦労が水の泡だ。

（そんなことに、なってたまるかよっ！）

逃げなくては。絶対に、逃げ切らなくては。

（だがその前に……！）

ボスから金の在処を聞き出しておかねばならない。

（あれは俺の金だ……！）

全てをジュードにやらせて酒をかっくらっているだけの酔っ払いに、あの大金をもつ資格はない。

（逃げる前に、金の在処を吐かせてやる……！）

必要なら、銃を突きつけて脅したっていい。どうせこの船はもうおしまいだ。ボスの下で働くこともないのだから、あの酔っ払いの命令に従ってやる道理はないのだ。

「ボス！」

ジュードが船室のドアを蹴破るようにして開けると、ボスはズタ袋に物を詰め込んでいるところだった。どうやら外の騒ぎの実態を知って、自分一人逃げるつもりだったのだろう。

「てめえだけ逃げる気かよ、このクソ野郎！」

ジュードが呆れて悪態をつくと、ボスは「へへッ」と嘲《あざけ》るような笑い声を上げた。

「バカは捕まってろって話だ。おめえは使えるから連れてってやるよ。来い、ジュード」

ボスは酒臭い息でそう言うと、ズタ袋を抱えて船室を飛び出しデッキへと向かった。

ジュードは慌ててその後を追いかけながらも、怒鳴り散らしたくなった。

（バカやろう！　デッキには連中がわんさかいるだろうが！）

　ＣＣＡＨＵの軍隊を相手に仲間たちが死闘を繰り広げているはずだ。

「おい、見つかっちまうぞ！」

「見つからねえように行くんだよ！」

　ボスは小声でそう返すと、船員と軍隊とが争う騒然としたデッキに出て、すぐさま船尾方向へ駆け出した。

　てっきり右舷デッキに備えられている救助ボートに向かうのかと思ったので、ジュードは驚きながらもその後に続く。

「どこ行くんだよ!?」

「海に飛び込むんだよ！」

「バカやろう、スクリューがあんだろうが！　魚の餌になりたいのかよ！」

　船尾ではスクリューが回っていて、そこに飛び込めばあっという間に巻き込まれて細切れにされる。だから船乗りたちは、何があっても船尾から海に飛び込むような真似はしないのだ。

「今は回ってねえだろ。急げ！」

　ボスに言われ、「ああ、そうか」とジュードはハッとなった。この船は今停泊中だ。動揺してつい固定観念に囚われてしまっていた。

悔しいが、ボスはこういう時に頭の回転がすごぶる良くなる。ずる賢いというか、機転が利くというか、ジュードが持ち合わせていない才能の一つだ。

感心しつつもボスの丸い背中を追い、船尾の手すりに辿り着く。

下を覗き込んだが、闇夜の中では海面が見えず、ただの暗黒が広がっていた。まるで地獄の入り口だなと皮肉っぽく思った時、艶やかな低い声が聞こえた。

「どこへ行くつもりだ？」

ギョッとして振り返ると、そこにはさっき見た美貌の主が立っていた。

光のほとんどないこの環境下で、どうしてこの男の顔はこうもハッキリと見えるのだろう。内側から発光しているのだろうか。そんなバカな。

（ほ、本当に人間か？　この男……）

ゾッと震えが背筋を走り抜ける。

自分は今、得体の知れないバケモノと対峙しているのではないだろうか。

男がこちらに片手を突き出している。その手に握られているのが拳銃だと見てとった瞬間、ジュードは下半身に力を込める。

（やべえ……！）

飛び降りなくては！

「逃げる者は処刑すると言ったはずだ」

「うるせえ！　ジュード、行くぞ！」

男に罵声《ばせい》を浴びせたボスが、腕を振って手すりに両手をかけた。

その刹那《せつな》、バン、という破裂音が響いてボスがそっくり返って倒れ込む。硝煙《しょうえん》の匂いを嗅《か》ぎながら、ジュードはボスと入れ替わるようにして、真っ暗な海へと身を投じた。

一瞬の浮遊感、そして臓腑がひっくり返るような気持ちの悪さを感じて息を止めた時、冷たい衝撃が全身を襲った。海の中に逃れることができたと分かってホッとしたのも束の間、必死で四肢《しし》を動かした。

それから先は夢中だった。

泳いで、泳いで、泳ぎまくった。

一刻も早くこの場から逃れなくては、あのバケモノに殺されてしまう。

（ちくしょう、ちくしょう、ちくしょう……！）

暗闇の海でもがくように泳ぎながら、ジュードは心の中で叫び続けた。

何も手に入れていない。まだ、何も手に入れていないのに！

（このままで終わるもんか。終わらせるもんか……！）

同じことを呪いのように思い続けながら、逃亡者は夜の海に紛れていったのだった。

第一章　三年後から始まります

甘い吐息が耳朶を擽《くすぐ》る感触に、アーヴィングは目を細めた。

吐息の主は、最愛の妻ハリエットだ。向かい合って座った状態で睦《むつ》み合うこの体位は、彼女のお気に入りだった。身体がアーヴィングと密着するから安心するらしい。

（そんな可愛いことを言われたら……！）

睦み合うたびにこの体位を取り入れてしまうというものだ。

「ん……、ぁっ、はぁっ……！」

ゆるゆると腰を上下させていたハリエットが、色っぽく喘《あえ》ぎながらアーヴィングの首にしがみ付いてくる。夫の聳《そそ》り立つ雄蕊を根本まで咥え込んだせいか、白い内腿が微かに戦慄《わなな》いているのが分かった。その柔らかな脚を労《いたわ》るように撫でながら、アーヴィングは彼女の耳腔に息を吹き込むようにして囁く。

「上手に挿《い》れられましたね」

耳はハリエットの弱い場所の一つだ。案の定彼女はビクンと顎《あご》を反らし、背中をブルっと震わせた。それと同時に蜜筒もきゅうっと収斂し、膣内《ナカ》に収まった肉棹を食い締めてきたので、アーヴィングはその快感をうっとりと味わう。

（ああ、最高だ……）

ハリエットとの情事は、いつも頭の中が溶けてしまうのではないかと思うほど気持ちがいい。恍惚《こうこつ》のため息をつきながらハリエットの華奢な背中を撫でていると、彼女が身体を起こしてキスをしてくれた。小さく柔らかい唇を食み、歯列を割って甘い口内を味わう。

（……どうして甘く感じるのか）

ハリエットの唇も、舌も、その唾液すらも甘露のように甘い。人の体液が甘いわけがないと頭では理解しているのに、それがハリエットのものだと思うだけで甘く感じるのだから、人間とは不思議だ。愛情によって知覚すら変わってしまうのだと思うと、恐ろしい気もする。

（君に銃で撃たれたとしても、私は痛みを感じないかもしれないな）

彼女が与えてくれるなら、痛みすら甘美な快感に変わるのだろう。

愛妻に殺されそうになる光景を想像したら、興奮して一物がビクビクと動いた。我ながら変態である。

「んっ、んぁっ！」

その動きに反応したハリエットが艶めいた鼻声で鳴いて腰をくねらせ、プリプリとした蜜襞が吸い付くようにアーヴィングの雄に絡みつく。

「っ……！」

快感が背筋を駆け抜けていく感触に、堪らず腰を動かした。

「ぁっ！　あっ、ひ、ぁあっ、あんっ！」

いきなり下から突き上げられ、ハリエットが甲高い嬌声をあげて身を仰け反らせる。その柳腰に片腕を巻きつけて支えると、アーヴィングは目の前でぶるぶると揺れる丸い乳房をもう片方の手で鷲掴みにし、その薄紅の頂《いただき》を指で摘んだ。

「んっ、ああっ！」

弱い場所を苛《さいな》まれて悩ましく歪《ゆが》めるその顔も可愛らしい。

「ああ、可愛い……可愛い、可愛い、ハリエット……どうして君はそんなにも可愛いのだろう……」

腰を振りたくりながらそんな譫言《うわごと》を呟いていると、愛妻が恥ずかしそうに眉を顰《ひそ》めた。

「あっ、も、もうっ、は、ぁあんっ、アーヴィングっ……」

アーヴィングはうっとりとその困り顔を見つめる。愛妻の眉を下げたこの表情が堪らなく好きだ。可愛くて愛しくて、彼女の顔に齧《かじ》り付きたくなる。

「そんな……可愛い顔をしないで、ハリエット……。ただでさえ私の頭がおかしくなっているのに、そんな顔をされると理性が吹き飛んでしまう……」

言いながら、アーヴィングは妻の柔らかな頬に齧り付く。

「きゃあっ！」

無論、強く歯を立てたわけじゃない。痛みを感じさせないように、滑らかな皮膚にそっと歯を押し当て、もっちりとしたその感触を楽しむ。舌を這わせてその味を堪能していると、ペシっと頭を叩かれた。

「アーヴィング！　もう！　変態！」

妻の涙目の罵倒《ばとう》に、ぞくん、と下腹の奥が疼《うず》く。

「……もう一度言ってくれないか」

「えっ？　な、何を……」

「もう一度」

「へ、変態って言えば良いのですか？　っ、あ、ぁあ！　お、おっきく……!?　どうして！」

愛する妻の可憐な口から飛び出した『変態』という言葉に、一物がさらに質量を増してしまった。それを内側に呑み込んでいる彼女には如実に伝わってしまうようで、悲鳴をあげて身悶えする肢体を両腕で抱くと、アーヴィングは欲望のままに腰を叩き込む。

「ひ、あ、あっ、ああっ、あっぁ……！」

身体をピッタリと密着した状態に、多幸感が高まる。ハリエットの肌は自分よりも少し体温が低い。だがすぐに自分の熱と混じり、溶け合うように同じ温度になる感触が、アーヴィングは好きだった。首に縋《すが》りついてくる彼女の必死な様子も堪らない。彼女の全てが自分に委ねられた状態でその身体をいいように暴く行為に、独占欲と庇護欲を同時に満たされて、麻薬のような陶酔感がアーヴィングの脳内を侵食していく。

「ああ、ハリエット……君の中、熱くうねって、私に絡みついてくる……最高だ」

譫言のように呟きながら、彼女の唇に貪るように噛みついた。

ひっきりなしに嬌声を上げ続けているハリエットは、もう愉悦の扉を開きかけているのだろう。こちらの声に反応を見せず、舌を吸われても鼻声で泣くばかりだ。

かく言うアーヴィングもそろそろ限界が近づいている。

より強い刺激を求めて上体を倒し、ハリエットをベッドの上に仰向けに寝かせる。

自分で動かなくてはならない体勢から解放され、ハリエットが少しホッとしたように表情を緩めるのを見ながら、アーヴィングは己の一物が抜け落ちるギリギリまで腰を引いた。

ズルリと引き出された男根に白く泡立った淫液が纏わりついていて、実に卑猥《ひわい》だ。それに比べ愛妻の女淫は可憐なピンク色で、夫のグロテスクな太い雁首を呑み込みながらもピクピクと痙攣している様が健気だった。

子を一人産んでいるというのに、ハリエットはこんな場所まで愛らしく無垢なままだ。

それがまた愛しくてならず、それと同時にその無垢さを己の肉欲で穢したくなって、そ

の欲望のままにアーヴィングは勢い良く剛直を叩き込んだ。

「ヒアッ！　あっ、やぁっ、あっ、あぁ、つよ、これ、アーヴィングッ……！」

ハリエットが快楽の涙を流しながら泣き叫ぶ。

夫を非難するその涙声に、快楽の色が濃い。

アーヴィングは口の端を吊り上げて、反り返った棹を根元までぎっちりと押し込んだ。

「あぐっ……！」

小柄なハリエットの蜜壺は小さく、大柄な体格に見合った大きさをしているアーヴィングの男根を全て呑み込むのが難しい。だが快感が十分に高まると、不思議なことに根本まで収めることができるようになるのだ。

その証拠に、苦しそうに呻きながらも、ハリエットの目はとろりと蕩《とろ》けて焦点を失っている。

「気持ち好いね、ハリエット……」

愛し合うこの行為は、互いが気持ち好くなくては意味がない。

彼女がちゃんと快感を得てくれていると思うと、安堵もするが、興奮もする。

嬉しくて彼女を喜ばせるために、彼女が快感を拾いやすい最奥を何度も何度も突いてやっていると、ハリエットの形の良い乳房が突き上げるペースに合わせてぶるぶると震える。赤い乳首が残像のように見えるのを面白く眺めながら、アーヴィングは快楽の火種がどんどんと加熱していくのを感じていた。

「ハリエット……ああ、可愛い、なんて表情だ……！　可愛い、可愛い、愛している、私の妻……！」

快感に甘く蕩けた妻の顔に、腹の底から悦びが込み上げる。

彼女のこんな表情を知っているのは自分だけだし、させるのも自分だけだ。

そう思うと、歓喜に頭の芯が痺れそうだった。

身動ぎに合わせて軋むベッドの音と、淫猥な水音、そしてハリエットの愛らしい鳴き声が寝室にこだまする。

それらを美しい音楽のように堪能しながら、アーヴィングは自らの中に膨《ふく》れ上がっていく愉悦の軌跡を追いかけた。熟れた蜜筒の襞が充血して膨らみ、わなわなと痙攣しながら肉竿を食い締めてくる。

彼女の絶頂が近いことを悟り、アーヴィングはさらに腰の動きを速めた。

「ひ、ぁあっ、いく、いっちゃう……！」

頭をイヤイヤと振りながら、ハリエットがおとがいを反らせて高みに駆け上がる。

その瞬間に合わせるように、アーヴィングは溜まり切って煮え滾《たぎ》っていた己の愉悦を解放したのだった。

＊＊＊

ガサガサ、と背後から音がして、ヴィンター侯爵、アーヴィング・ロシエル・ヴィンターは振り返った。

今アーヴィングが立っているのは、侯爵邸の温室《コンサバトリー》だ。

久々にもぎ取った休日、愛妻に任せきりだった愛玩動物《ペット》のキンカジュー、黒き深淵の炎《ダークフレイムオブジアビス》の世話をしているのだ。

キンカジューは元来木の上で生活する生き物なので、背の高い樹々のある温室は、黒き深淵の炎《ダークフレイムオブジアビス》にとって居心地の良い場所だ。だから日に一度はここで遊ばせてやるのが日課なのである。

先ほど肩にのせてここへ連れてきた途端、黒き深淵の炎《ダークフレイムオブジアビス》は興奮して木に飛び移り、あっという間にバナナの大きな葉の中へ消えてしまった。温室に来ると野生が蘇るのか、動きがとても速くなるのでどこに行ったか分からなくなる。だが気が済めばまたアーヴィングのところに戻ってくるので、好きにさせているのだ。

「黒き深淵の炎《ダークフレイムオブジアビス》かい？」

今も愛玩動物がバナナの木の葉の中にでも隠れているのだろう、と思って声をかけたアーヴィングは、バナナの木ではなく、その下に植えてあるスパッティフィラムの葉が動いて目を丸くした。

（珍しいな。下にいるなんて……）

樹上棲《じゅじょうせい》の性質《さが》なのだろう。高い場所を好むため、温室に来ると木の上にばかりいて、地上に降りてくることはあまりないのだ。

（土の上に食べ物でも落ちていたのか？　無闇に口に入れてはまずいな）

キンカジューはただでさえ珍しい動物で、その生態がよく分かっていない。国内ではこの動物に詳しい獣医がおらず、何が毒になるか分からない。何か口に入れていたのなら吐き出させないと、と慌てて近づくと、うっそりと茂ったスパッティフィラムの葉の中で「きゃっ」と可愛らしい悲鳴が上がった。

（……この、声は……！）

聞き覚えのある声にギョッとして、アーヴィングは急いでスパッティフィラムの葉を手で掻き分ける。

するとそこには、フリルのついたブラウスに、紺色のズボンを穿いた小さな男の子が四つん這いになって隠れていた。

「……ジョーダン……」

アーヴィングは呆気に取られて名前を呼んだ。

大きな瞳でこちらをじっと見つめているのは、アーヴィングとハリエットの一人息子のジョーダンだ。

(なぜこんなところにジョーダンが？　乳母《ナニー》は何をしているんだ？)

愛息には生まれた時から乳母がついている。貴族の子は乳母の母乳で育つのが一般的だが、ハリエットはそれを嫌がり自分の乳で育てると言ったので、アーヴィングは妻の意見を全面的に受け入れた。

その結果、授乳ではなく子育てのサポートをしてくれる経験豊富で温厚な女性を選んだため、ジョーダンの乳母は初老の女性になったのだ。すでに孫もいる年齢の彼女は、すばしっこく元気が溢れるジョーダンの動きについていけず、よく逃げられてしまうのだ。

(また逃げてきたのか……？)

こういう場合、叱るべきなのだろうか。

自分が子どもの時は叱られた。母親の言う通りにしなければ平手や、ひどい時には鞭《むち》で叩かれたものだが、アーヴィングはそんなことはしたくない。

(だが、してはいけないことをした時には、親として叱らなければならないのだろう……)

叱ると言っても、まだ二歳の子どもに道理を説いても理解できるとは思えない。どうすればいいのだろうか、と悶々《もんもん》と考えていると、こちらを観察するようにじっと見つめていたジョーダンの大きな目が潤《うる》み始める。

「えっ……」

「う……」

「ま、待て、どうした、ジョー……」

「うわあああああああん！」

これはまずい、と思う間も与えられず、ジョーダンが大粒の涙を溢して泣き始めた。

小さな身体を震わせ、どこからそんな大きな声が出るのかという泣き声が、温室中に響き渡る。

「ジョ、ジョーダン、どうした？　どこか痛いところでもあるのか？」

突然泣き始めた理由が分からず、アーヴィングはオロオロとしながら息子を眺めた。

（こ、こんな時、ハリエットはどうしていたのだろう……）

頭の中で記憶を探るも、情報は出てこない。情けないことに、ここ数年、アーヴィングは仕事が忙しすぎてまともに家に帰ってきていない。朝早く家を出て、帰宅するのは夜遅く。休日などないに等しい日々を送っていたのだ。むろん家族との時間など取れるわけもなく、愛息の顔を見るのは、いつも彼が眠ってしまってからだった。子どもが起きている時に会っていないのに、泣き止ませ方を知っているわけがない。

「ジョーダン、一体どうしたんだ？　どうして泣いているんだ？　痛いところがあるなら教えてくれないか？」

どうしていいか分からないアーヴィングは、必死に息子に話しかけた。

だが息子はさらに大きな声で泣き出す始末で、事態は全く収拾がつかない。

ほとほと困ったアーヴィングが、おそるおそる息子に手を差し出してみたが、父親の手が自分に伸びてくるのを見たジョーダンは、怯えたように身を仰け反らして甲高い悲鳴を上げる。

「きゃあああああああ！」

「うっ……！」

明らかに自分を見て怯える息子に、アーヴィングはサッと手を引っ込めて呻《うめ》いた。

心臓が痛い。愛してやまない息子に拒まれ、情けなさと切なさに胸がジクジクと疼いた。

（こんなに全身で拒むほど、私はジョーダンに嫌われているのか……）

自分が子どもに好かれるような見た目ではないことは自覚している。

『呪われた侯爵』などという恐ろしげな異名を付けられ、これまで「優しそう」とか「朗《ほが》らか」とかという、人に好かれそうな表現とは無縁の人生を生きてきた人間である。仕事の上司である宰相閣下からは「そこにいるだけで威圧感のある男」と言われたこともある。

（……それに私は、肉親を平気で撃ち殺そうとするような人間だ……）

実の息子が怯えて当然なのかもしれない。

無垢な愛息をこの手で抱くことすらおこがましい、と悲しい気持ちで暴れ泣く息子を見下ろしていると、「おいおい～、何やってるの～」とのんびりとした声が聞こえた。

驚いて振り返ると、温室の入り口の扉から赤紫色のカソックを着た男性が中に入ってくるところだった。

メガネを指で押し上げるその人は、アーヴィングの異母兄、ナサニエル神父だ。

「兄さん！」

アーヴィングが叫ぶのと同時に、土の上で四つん這いになっていたジョーダンが、弾丸のように飛び出し、ナサニエルに突進していく。

「うおっ！　あぶなっ！」

ぶつかるように抱きつかれたナサニエルが叫んだ。

兄は背が高い方ではないが、歩いている最中に脚に抱きつかれればバランスを崩して当然だ。ヨロッと上体をふらつかせる兄にアーヴィングは息を呑んだ。二人一緒に転んだら大変なことになりかねない。

焦って駆け寄ろうとしたが、兄はなんとか体勢を立て直し、ジョーダンの頭にポンと手を置いた。

「こらこら、ジョー、飛びついてきたら危ないだろう？」

小さな弾丸に「めっ」という顔をしながら言うが、ジョーダンの方は聞こうとしていないのか、兄のカソックの裾を摑んでドアの外へと引っ張りつけている。

「なっ、と、いこ！　いこ！」

小さな子どもの力でも、長衣の裾を引っ張られれば、また体勢を崩して今度こそ転んでしまうかもしれない。

焦ったアーヴィングは、つい大きな声が出る。

「ジョーダン、やめなさい！」

アーヴィングの大声に、小さな身体がビクリと跳ねる。

しまった、と思ったがもう遅い。

振り返ったジョーダンの顔は恐怖に強張り、愛する妻に似た大きな瞳には、今にも溢れそうなほどに涙が溜まっていた。

「う……」

「ジョ、ジョーダン……」

大きな声を出してすまない、と言おうとしたアーヴィングの言葉は、耳をつんざくような号泣の声に掻き消される。

「うああああああああ！　あああああああ！　おかたま！　おかたまぁあああ！」

繰り返して思うが、この小さい身体のどこからこんな声が出るのか。

温室のガラス戸がビリビリと震えるほどの声量に、アーヴィングは額を押さえ、ナサニエルは天井を仰いだ。

「ああ……」

「あ〜ははははぁ……、今日もジョーは元気だなぁ」

自分の脚にしがみついてギャン泣きする甥っ子に、ナサニエルは苦笑いをしながらも、身を屈めて小さな頭をヨシヨシと撫でる。

「お父様の大きな声にびっくりしちゃったねぇ。でもジョーが怪我をしないように『メッ』しただけなんだよ。怖くないんだよ」

優しく声をかけられ、ジョーダンは涙と鼻水でぐしゃぐしゃの顔でナサニエルを見上げる。赤くなった目と鼻が痛々しくて、アーヴィングは胸が痛んだ。

(泣かせるつもりはなかったのに……)

どうして自分はいつも可愛い息子を泣かせたり怯えさせたりしてしまうのだろうか。

「なっとぉ、だっこぉ……」

泣き吃逆《しゃっくり》をあげながらも、両手を上げて伯父に抱っこを要求する息子を、アーヴィングは切ない気持ちで眺めた。

ジョーダンは、アーヴィングに抱っこをせがんだことがない。

もちろん、父親だから息子を抱っこしたことがないとは言わない。ハリエットや乳母に「抱いてあげて」と言われ、抱き上げたことは何度もある。だがジョーダンはアーヴィングに抱かれると嫌がってすぐに暴れ出してしまうのだ。

（……この間は泣き出してしまった……）

それまで機嫌良く笑っていたというのに、アーヴィングに抱かれた途端、悲鳴を上げるように泣き出し、身を捩ってハリエットに助けを求めたのだ。

ジョーダンも泣いていたが、アーヴィングも泣きたい気持ちになった。

（父親だというのに、抱っこするだけで泣かれてしまうなんて……）

なぜなのだろうか。自分の顔はそれほど怖いのだろうか。確かに周囲から「威圧的だ」と言われることは少なくない。だがそれは、家庭の外の人間に好かれる必要はないから、あえて無愛想にしているせいでもある。

（ハリエットやジョーダンの前で無愛想にしているはずはないのだが……）

なにしろ、この世で最も愛する二人なのだ。愛しい宝物の前で、厳しい顔をする者は少ないだろう。

息子を切なげに見つめているのに気づいたのか、兄がこちらを見てまた苦笑する。

それから腕を上げたままでいるジョーダンを抱き上げると、懐から取り出したハンカチーフで涙を拭ってやっている。

「はい、チーンしようね」

最後に鼻水を拭くと、ナサニエルはジョーダンを抱いたままこちらへ歩み寄ってきた。

「ほら、ジョー。君がエンエンするから、お父様もしょんぼりしちゃってるよ」

そう言いながらジョーダンの顔をアーヴィングの方に向けてきたが、ジョーダンはチラッと視線を投げた後、すぐにプイッと顔を背けた。

（……!!）

アーヴィングはショックで心臓を押さえた。実の息子にこんなに露骨に嫌がられてしまうなんて。

「……！　…………！」

言葉もなく打ちひしがれていると、兄がぼそっと「本当にもう……」と呆れたように呟いた。

「ねえ、ジョー。お父様は怖くないよ」

「やぁ！　おとたま、きやい！」

「……！」

追い打ちをかけるように「嫌い」と言われて、アーヴィングのガラスのハートはもう粉々である。

（ああ、どうして……どうしてお父様を嫌うんだ、ジョーダン……）

心の中でそう嘆いていたが、本当は分かっている。

ジョーダンの立場になって考えれば、その理由は明白だ。父親とは名ばかりで、一緒の邸に住んでいても、顔を合わせることはひと月に一度あるかないか。遊んでくれたこともなければ、面倒を見てくれたこともない。そんな相手にどうして懐《なつ》けるというのか。

全て自業自得だと分かっているのに、それでも目の前で兄にベッタリとくっついている息子を見ると、なぜ、どうしてと悲しみが込み上げてきてしまう。

しょぼくれながら兄を見つめていると、その兄が深いため息をついた。

「あのねえ、ヴァン。そんな怖い顔をするから、ジョーが泣くんだよ？」

「こ、怖い顔……？」

指摘され、アーヴィングは思わず自分の顔を両手で触る。怖い顔をしているつもりは全くなかった。だが自分は黙って立っているだけで周囲から怯えられるのだ。自分では気づいていないだけで、もしかしたら日常的に怖い顔をしているのではないだろうか。

アワアワとしながら自分の顔をペタペタと触ってみていると、ナサニエルがもう一度深いため息をついた。

「うーん。気づいていないのかぁ……」

「気づいていないって、何をですか？」

「君、ジョーダンに接する時、とても緊張しているんだよ。子どもは相手の雰囲気を敏感に察するからね。そんなふうに身構えられたら、近寄るのは怖いだろう」

「……！」

指摘されて、アーヴィングは息を呑む。

確かにジョーダンを前にすると、自分は身構えているかもしれない。それは息子が可愛くないというわけではなく、また泣かれたらどうしようとか、これ以上嫌われないようにしなくては、という意識のせいだ。

アーヴィングは言葉を失ったまま息子を見つめる。息子はアーヴィングの視線に気づくと、再びプイッと向こうを向いて、ナサニエルの首に取り縋るようにしがみついてしまう。

ナサニエルはそんなジョーダンの背中をポンポンと叩くと、優しい声で語りかける。

「ジョー、お父様は怒ってないよ。こっちを向いてごらん」

「やあ！　おとたま、こあい！　きやい！」

「怖くないって。ジョーがさっきナット伯父さんに飛びついただろう？　それでナット伯父さんがイタイイタイしたから、お父様が『メッ』ってしただけなんだよ」

伯父の説明に、ジョーダンがハッとしたように顔を上げる。自分のせいで大好きな伯父が痛い思いをしたのかと驚いたのだろう。優しい子なのだ。

「いたいいたい？」

「そうだよ。この間、ジョーもクロちゃんに飛びかかられてイタイイタイしただろう？」

ナサニエルの言葉に、アーヴィングは驚いた。

そういえば以前に、深淵の黒き炎《ダークフレイムオブジアビス》がジョーダンに飛びつき、驚いたジョーダンがひっくり返って尻餅をついて大泣きをしたことがあったと、ハリエットから聞いた気がする。その時も兄が一緒だったのか。

父親である自分よりも、遠くに住んでいる兄の方が息子と過ごす時間が明らかに多い気がするのは何故なのか。

ますます父親失格である。

ズーンと自己嫌悪に陥《おちい》るアーヴィングの傍で、ナサニエルに抱かれたジョーダンが、その時のことを思い出したのか、ムッと唇を曲げる。

「くろちゃ、わるぅぃこ」

まだ白か黒しかない稚《いとけな》さに、苦笑が漏れた。それは兄も同様だったようで、やれやれと微笑んだ。

「違うよ。悪い子じゃない。クロちゃんはジョーが好きだから飛びついたんだ。誰かを好きなのは悪いことじゃないんだよ。でも好きだからって飛びついたら危ないだろう？　今のジョーダンも同じだ。ナット伯父さんがどんなに好きでも、飛びついたら危ない。だからしちゃいけないよって、お父様は言いたかったんだ」

伯父の言うことをじっと聞いていたジョーダンは、神妙な顔でまたこくんと頷くと、くるりと振り返ってアーヴィングを見た。

「おとたま、ごめしゃい」

すんなりと謝りの言葉が出る素直さに、自然と目尻が垂れてしまう。なんていい子なんだうちの子は！

「い、いいんだ、ジョーダン。お父様も、ごめんなさい、だったね……」

なるべく笑顔を作って息子に話しかけたが、ジョーダンはじっとこちらを窺うような眼差しで、その顔に笑顔はない。

(笑ってほしいと……いうのは……おこがましい願いなのだろうか……)

父子の無言の対峙に、ナサニエルは苦笑を浮かべたままジョーダンの小さな頭を撫でる。

「ちゃんとごめんなさいできるなんて、ジョーダンはすごいねぇ。お利口さんだ！」

伯父からの褒め言葉に、ジョーダンはキラキラと目を輝かせた。

「じょー、おりこう？」

「ああ、とってもお利口さんだ！」

「きゃあっ！　やったぁ！」

両手を高く上げて弾けるように笑う息子を微笑ましく見ながらも、アーヴィングは心の中で少ししょんぼりとなる。

(……伯父さんのこと好きすぎじゃないか？　うちの子……)

父である自分にも見せたことのない笑顔だ。

ジョーダンはナサニエルが来ると、母親のハリエットもそっちのけになり、ナサニエルにべったりになる。兄はこの屋敷にやって来ると、大抵二、三日は泊まっていくのだが、その間ジョーダンはナサニエルと同じベッドで眠るくらいだ。

（……私とは一緒に眠ってくれないくせに……！）

この国では子どもであっても夫婦の寝室には入れないのが慣わしだ。親がジョーダンと眠る時は子ども部屋に行ってそのベッドに入るのだが、ジョーダンはそれをハリエットには許すが、アーヴィングには許してくれないのだ。悲しい。

だがそれも仕方ない。『子ども教室』で子どもの世話を焼き慣れているナサニエルは、甥っ子の扱いも非常に上手い。それに比べ、自分は過去のトラウマからあまり子どもが得意ではなく、触れ合おうとしてこなかった。

心情的な理由だけではなく、前述の通り、仕事がものすごく忙しかったのもある。

二年前――ちょうどジョーダンが生まれてすぐぐらいの時に、アーヴィングは国王陛下から新たな組織の長官に任命された。

その新たな組織とは、非人道的犯罪組織対策機関、通称ＣＣＡＨＵと呼ばれるもので、主に人身売買を取り締まることを目的としていた。

なぜそんなものにアーヴィングが任命されたかといえば、長年行方不明だった兄を探して、国内の人身売買組織を密かに潰していたことが、国王陛下にバレたからである。

異母兄のナサニエルは、継母であったアーヴィングの母の企みで、幼い頃に人身売買組織に売られそうになったことがあった。実際には途中で逃げ出して小さな教会に保護され、身分を隠して教会に身を潜めていたのだが、そんなことを知らないアーヴィングは、十年以上兄を探し、兄が売られたかもしれない人身売買組織をいくつも壊滅させてきた。

その目的は兄を探し出すことであり、名声など全く興味がなかったので、自警団に協力しつつも自分の名前は伏せさせていたのだが、何がどうしたのかそれが陛下のお耳に入ってしまったらしい。

『我が国でも人身売買の取り締まりを強化していきたいんだよねぇ』

と「お茶のおかわり欲しいんだよねぇ」くらいのフランクさで国王陛下に言われた時には、眩暈《めまい》がしたものだ。

なんでも、大陸の方で『奴隷解放運動』が激化しているらしく、混乱を招く前に王自らその先陣を切りたいのだと言っていた。

『ほら、うちはなんだかんだ貴族制度が確立して長い国だろう？　奴隷解放運動に乗じて貴族制度廃止なんて動きになられちゃ厄介なんだよね』

なるほど、とアーヴィングは鼻を鳴らした。

百年ほど前に大流行した革命の大波に、この国もまた晒された。革命、独裁政治、王政復古、そして再びの革命と混沌を彷徨《さまよ》いながら、立憲君主制を実現させることで落ち着いたこの国を、再び混乱させたくないということだろう。

（という建前だが、要するに王侯貴族の特権を廃止したくないのだろうな。この狸《たぬき》ジジイめ……)


特権にしがみつこうとするその姿は醜悪だとは思うが、混乱の中で多くの人命が失われるのは確かだ。あまり他人に興味がないアーヴィングでも、それは避けたいと思う。

それに人身売買の被害者のほとんどは、子どもと若い女性だ。力のない者が他者にいいようにされる世界など、あってはならないはずだ。

実の母親に虐げられた過去のあるアーヴィングにとって、確かに人身売買のない世界とは、目指すものの一つであったのだ。

『なんでも君、そういうの得意なんでしょ? すごい情報分析力と判断力だって、自警団の団長が感心してたよ〜! だからこれ任せられるの、君しかいないと思ったんだよねえ。僕のお願い、聞いてくれる?』

ヘラヘラと笑う国王陛下の丸い顔に拳を叩きこんでやりたい衝動に駆られたが、要するにこれは勅命ということである。

アーヴィングは苦虫を噛み潰した顔で拝命した。

(だが思えばあれが全ての元凶だった……)

CCAHUの長官になってからというもの、アーヴィングには休日というものが無くなった。なにしろこの国は人身売買に対しての規制が非常に緩く、取り締まりの厳しい周辺国の組織がこの国を潜伏場所にしているほどだった。それらを一気に取り締まり始めたのだ。あっちもこっちも潰さなくてはならず、多くを同時進行で熟《こな》す日々が続いた。

それはもうやってもやっても終わらない状況で、叫び出したい夜もあった。

何日も愛する妻と息子、そしてペットの寝ている顔しか見られないのである。気が狂いそうになって当然だろう。

だがアーヴィングは生来真面目な性分である。一度引き受けたものを放り出すことはできず、この二年間ひたすら仕事に邁進し、人身売買組織を千切っては投げ千切っては投げるように潰してきた。

そのおかげで粗方の国内の組織を潰し終え、ここひと月ほど前からようやく休暇を取れるくらいに落ち着いたのだ。

嬉々として愛する家族との触れ合いをしようとしたが、愛妻ハリエットはともかく、愛息ジョーダンは、父親に人見知りを発揮してくれた。

『おとたま、いやぁ……』

抱き上げようとするとサッと逃げられ、乳母の背後に隠れながらの拒絶の言葉に、涙目になったあの日をアーヴィングは忘れない。優しい妻は、「人見知りの時期だから仕方ありませんよ」と慰《なぐさ》めてくれたが、時期の問題だけではない。

ジョーダンにとって自分は、『たまに会う、なぜか家にいるおっさん』なのだ。

（この子が生まれて二年、寝ている時にしか顔を見られないような父親だったのだから、当然だ……！）

泣きたい。心の底から泣きたい。

とはいえ、泣いていても始まらない。息子の信頼と愛情を得るためにいろいろ手を尽くしてみてはいるのだが、子どもをどう扱っていいか分からず失敗続きで現在に至っている。

（……先日船に乗せようとしたのも、大失敗だった……）

先週、王都の港で大きな蒸気船の進水式があった。アーヴィングはこの船の出資者でもあったので、このクルーズパーティに家族で出席したのだが、ジョーダンはどうやら水が怖いらしく、船に乗った途端大泣きをしたのだ。その尋常ではない怯え方に、この子は前世で何か水で怖い思いをしたのではないか、と非現実的なことを思ったほどだった。

結局そのまま船を降りたのでパーティには出席できなかったのだが、あれほど怯える子どもを連れて行く方がどうかしている。

（ジョーダンは自動車や馬車が大好きだから、船も喜ぶと思ったのだが……）

乗り物ならなんでもいいと思った自分が浅慮だったのだ。

おかげでジョーダンにとってアーヴィングは「怖い思いをさせてくるよく知らないおっさん」に格下げされた。最悪である。

アーヴィングは血の涙を胸の裡《うち》に隠し、兄と息子の触れ合いを眺めた。

「なっと、いこ！　いこ！」

「お？　どこへだい？」

「ごほん！　よんで！　いこ！」

「ああ、ご本か。分かった分かった。そんな急かさなくても大丈夫だよ。さあ、今日は何の絵本にしよう？」

「とら！　とらのやつ！」

「ああ、『パーティに遅れて来た虎』か！　いいね！」

伯父との会話で、息子の顔には笑顔が戻る。その笑顔を、少しでいいからこちらに向けてはくれまいか、とさもしいことを考えていると、兄がこちらを振り返った。

「じゃあ、僕は王子様と遊んでもらうことにするよ。いつも通り数日厄介になるよ。あとでまた、ヴァン」

「……息子が世話になるよ」

「ふふ、言ったろう？　僕が遊んでもらってるんだよ。ねえ、ジョー！」

ナサニエルが頬擦りすると、ジョーダンがキャッキャッと嬉しそうな声を上げた。

伯父と甥の微笑ましい後ろ姿を見送りながら、アーヴィングはしょんぼりと肩を下げる。

「……いいなぁ、兄さん」

ポツリと本音が漏れた時、すぐ傍のバナナの木がガサッと音を立てた。

キッと鳴き声がして、小さな塊がアーヴィングの肩に飛び乗ってくる。

「……ああ、私の黒き深淵の炎《ダークフレイムオブジアビス》」

アーヴィングの肩を堂々とした顔つきで占領したのは、クリクリとした丸い目が愛らしい猿《さる》に似た小動物だ。キンカジューと呼ばれる生き物で、アーヴィングの愛玩動物である。港で異国の商人が見せ物として虐待しているのを見ていられず、商人を札束で張り倒して買い取ったのだ。

ちなみに『黒き深淵の炎《ダークフレイムオブジアビス》』という名前は、幼い頃好きだった冒険小説『隻眼の竜騎士《ドラグーン》』に出てくる三ツ頭の豹《ひょう》から取った。我ながらなかなか良い名前だと思うが、少々長ったらしいので『クロちゃん』と呼ぶこともある。これは単に毛色が黒っぽいからだが、ハリエットやジョーダンにはこちらが呼びやすいようだ。

黒き深淵の炎《ダークフレイムオブジアビス》は意気消沈している主人を慰めようとしたのか、フンフンとボタンのような丸い鼻を首筋に擦り付けてくる。

「おや、慰めてくれるのか、優しいね、お前は……」

よしよしと指で首の後ろを掻いてやると、気持ち良さそうに目を閉じた。

「お前のことも、ハリエットに任せっきりにしてしまったな。悪かったよ」

ＣＣＡＨＵの仕事で多忙だった頃は、ほとんど家にいないアーヴィングに代わり、ハリエットが世話をしてくれていた。猿とも狸とも違う変わった見た目のせいか、屋敷の使用人たちは怖がって近づかないため、彼女か執事長にしかこの子の世話を任せられないのだ。

アーヴィングは内ポケットから小さな袋を取り出し、その中に入っているナッツを一粒差し出した。するとクロちゃんはキッと歓喜の声を上げ、それを両手で持って食べ始める。

なんとも可愛い姿にほんわかしていると、温室の入り口の扉が開く音がした。

「アーヴィング、いらっしゃいますか？」

澄んだ鈴の音のような声は、最愛の妻ハリエットのものだ。

アーヴィングはパッと喜色《きしょく》を顔に乗せ、すぐさま返事をした。

「ここです、ハリエット。私はここにいますよ」

「ああ、やっぱりここにいらした！」

ハリエットが嬉しそうに言って、こちらへ歩み寄ってくる。

この温室は屋根まで全てガラス張りになっていて、陽光がそのまま入り込んでくる。それを遮ってくれるのは、背の高い植物たちだ。午前中とはいえ鋭い初夏の日差しを、美しい緑が柔らかな木漏れ日へと変えてくれている。

光の中の彼女は、まるで森の妖精のように可憐だった。

優しそうな眉、小さな鼻、赤く愛らしいベリーのような唇、そして大きなチョコレート色の瞳をキラキラと輝かせている様子は、先ほどまでここにいた愛息を彷彿《ほうふつ》とさせる。

（ジョーダンは本当に彼女の良い所ばかりを貰って生まれてきてくれた。神に感謝しなければ……！）

外出から戻ったところなのだろう。いつもは緩くしか結わない髪を、高い位置で結い上げている。半分下ろした栗色の髪は艶やかに輝き、歩くたびに揺れている。

華奢な肢体を包むのは、淡いブルーのドレスだ。今流行のストンとしたラインで、彼女の細さを際立たせている。そしてドレスと同系色のつばの小さな帽子を手にしていた。

彼女の首元に見覚えのあるネックレスが下がっているのを見つけて、アーヴィングは目を細める。

（……私の瞳の色と同じだ）

あのアクアマリンのネックレスも、彼女が「アーヴィングの目の色と似ている」と言って珍しく強請《ねだ》ってくれたものだ。普段は何一つ欲しがったりしない彼女のお強請りだけでも嬉しいのに、理由がそれだったものだから、喜びのあまり禿《は》げ上がるのではないかと思った。禿げなくて良かった。

「探していたんです……あっ、クロちゃん！」

ハリエットが傍に来た途端、黒き深淵の炎《ダークフレイムオブジアビス》が彼女の胸の中へ飛び込んだ。

急に飛びつかれ、ハリエットは慌てた様子で腕を広げていたが、当の本人は焦った様子もなく満足げに彼女の腕の中で丸まっている。

「もう！　急に飛び込んできたら危ないでしょう？　……て、言ってもあなたには分からないわよねぇ……」

ハリエットはお説教しかけたが、すぐに仕方なさそうに笑ってため息をついた。

愛妻の柔らかそうなその場所を我が物顔で占領する愛玩動物《ペット》を、アーヴィングはこの時ばかりは少々憎らしく思ってしまった。

(……少し貸してやるだけだぞ！　そこは……いや、ハリエットの全ては私の物なのだから！)

心の中でペットを牽制しながらも、穏やかな笑みを崩さない。妻には余裕のある男と思っていてもらいたいのだ。

妻の注意を引くために、優しい声で問いかける。

「私を探していたんですか？」

「あ、ええ、そうなんです。ちょっとご相談があって……」

「相談？」

なんだろう、と思ったが、彼女を立たせたままにするよりは、と温室の中に備えてあるソファへとひとまず導いた。温室にソファを置くのはあまり一般的ではないが、ここは彼女のお気に入りの場所だ。ここで愛妻がゆったりと時間を過ごせるようにと、アーヴィングが用意した。

そこに二人で腰掛けると、クロちゃんは何かを見つけたのか、大きな黒い目でどこかを凝視した後、近くの木へと飛び移っていった。温室の植物に誘われて入り込んできた昆虫などを捕まえて食べるのだろう。キンカジューは雑食なので、昆虫も大切なタンパク質源なのだ。

ソファにちょこんと腰掛けるハリエットはまるで少女のようだ。瑞々しい愛らしさは出会った時から変わらず、少し童顔のせいもあってとても二十七歳には見えない。

（……変わったところは、全て隠れた場所だからな……）

ジョーダンを産んで、確かにハリエットの身体は変化した。以前よりも乳房が大きくなったし、肌も柔らかくなり吸い付くような感触になった。そして彼女の内側もそうだ。柔軟性が増したのか、より深くアーヴィングを呑み込めるようになったし、絶妙な動きも見せるようになった。

妻とはおそらく相性がものすごく良いのだろう。回数を重ねる度、新たな発見があるし、心地良さも上がっていく気がしている。

昨夜の情事を思い出し、アーヴィングはうっとりと妻を見つめながら、その茶色の髪を一房取ってそこに口付ける。

ハリエットはその動きに気づき、少し恥ずかしそうにしながらも夫を止めなかった。それを良いことに、アーヴィングは腕を伸ばして彼女を抱き上げ、自分の膝の上にのせる。

「あっ、もう！　アーヴィングったら！」

白い頬をほんのりと染めながら、ハリエットは困った顔をする。彼女は夫の膝にのせられるのが気恥ずかしいらしい。

「ジョーダンに見られたら恥ずかしいです……」

「ジョーダンは兄さんと一緒に行ってしまいましたよ。ご本を読んでもらうのだと大はしゃぎだった……」

「えっ、ナサニエル神父様？」

兄の名前に、ハリエットが嬉しそうな反応を見せた。これが兄でなければ黒い嫉妬に胸を焦がすことになるのだが、兄ならば仕方ない。それは兄ならば妻を譲ってもいいなどという意味では、無論、当然、自明の理として、ない。

兄がハリエットにとって特別な存在だからだ。

兄が神父を務めている教会は、ハリエットの故郷の街にある。男爵の娘でありながら、その父親は賭博癖があり飲んだくれな上働かず、気に入らないことがあると娘に暴力を振るうといった最悪のろくでなしだったため、彼女は子ども時代、食べることもままならないほど劣悪な環境下に置かれていた。

その彼女を救ったのが、街の神父である兄だったのだ。兄の開いている『子ども教室』では子どもに給食も振る舞っていたため、ハリエットはここで飢えを凌《しの》ぎ、兄の励ましや助力によってここまで成長することができたのだ。

（兄さんがいなければ、ハリエットは命を落としていたかもしれない……）

だから兄は彼女にとって命の恩人であり、親代わりのような存在なのだ。そんな人に対して嫉妬心を抱くほど、アーヴィングの頭のネジは緩んでいない。

「ナサニエル神父がいらしているなんて知らなかったです！」

「玄関《ホール》で執事が伝えませんでしたか？」

ハリエットは今日の午前中、教会のバザーに参加するために外へ出ていたのだ。帰宅してすぐ温室へ来たにしても、執事が出迎えるはずだ。

「ああ、そうなんです。何故かさっきはいなかったんです。きっとジョーダンが何かやらかして、その対応をしてくれていたんじゃないかしら……」

「ああ……」

ハリエットの苦笑いに、アーヴィングもまた苦笑いを返した。

最近の愛息子の成長は本当に著しい。彼は生後八ヶ月で歩けるようになったのだが、その後順調に筋肉が発達し、体力は倍増。全身を使ったダイナミックな動きができるようになり、走ったり飛んだりと毎日大騒ぎだ。階段も手を使わずに上がったり下がったりするようになったので、ちょっと目を離すととんでもない所にいたりする。

「この間は庭師の小屋にいたのでしたか……」

「ええ。お昼寝をしていると思っていたら、いつの間にかベッドを抜け出して庭に出ていたものだから、本当にびっくりしました……」

青ざめて使用人総出で捜索すると、ほどなくして庭の手入れを任せている庭師の小屋で、一人遊びをしていたのが見つかったのだとか。

「その他にも、花瓶を割ったり、カーテンによじ登って金具を壊したり……、本当にやんちゃなんだから……」

そういえば、執事が半分泣きながら『青磁の大壺を坊っちゃまが割っておしまいになりました……』と報告に来ていたな、と思い出した。あれは確か家宝のリストに入っていて、美術館から展示依頼が来たこともある年代物だった。執事が泣きたくなる気持ちも分からないでもないが、とアーヴィングは妻の額にキスを落とす。

「元気な証拠ですよ。それに、我が家の使用人たちは皆、ジョーダンが可愛くて仕方ないようですし。あの子のワンパクにも楽しそうに付き合ってくれているのでしょう？」

その証拠に、執事もメイド長もその他の使用人たちも、ジョーダンを見る眼差しが祖父母のそれだ。執事長などはジョーダンを見る度に「ああ、旦那様のお小さい頃にそっくりでいらっしゃいます！」と涙ながらに言っている。アーヴィングの目には息子の顔はハリエットにそっくりに映るのだが、執事長は違うらしい。不思議なものである。

「ええ、それは本当に私も感謝しています。皆さん、ジョーダンをものすごく可愛がってくださっているし、私の手助けもたくさんしてくださるし……本当に、私、とっても恵まれていますよね」

この屋敷の女主人である彼女が使用人に敬語を使うのも、そんなふうに感謝を述べるのも、普通ではありえない話だ。だが彼女は身分を笠に着ることを一切しないどころか、貴族であろうがなかろうが分け隔てない態度で接する人なのだ。

アーヴィングは彼女のこういうところが実に好ましいと思うし、こんなハリエットだから、使用人たちからとても慕われているのだと思っている。

「君が恵まれているとしたら、それは君が人に多くを恵んでいるからです」

アーヴィングがそう言うと、ハリエットはきょとんとした表情になった。

「え？　そんなことしていませんよ？　私は人に恵むことができるほどの物を持っていませんから！」

「恵んでいるのは物ではないのですが……」

ハリエットにしてみれば、使用人たちに「人間」として接するのは当然なのだろう。だが多くの貴族にとって使用人は「家具」と同じなのだ。この国の貴族の価値観は、長い年月の中で歪んでしまった。己の持つ特権の意味を勘違いしている。貴族の特権は民を守り導くためのものであり、民を虐げるためのものではないのだ。

ハリエットがそれを誰に教わるでもなく理解できているのは、彼女が他者を尊重しているからだ。アーヴィングは、彼女のそんなところを心から尊敬している。

妻が愛おしくて堪らず、つい唇へのキスをしてしまうと、彼女は一瞬目を丸くしたものの、そっと瞼《まぶた》を閉じてくれた。許可が出たことにホッとして、アーヴィングは妻の甘い唇を堪能することにした。

唇を啄《ついば》み、わずかに開いた歯列を割って舌を滑り込ませると、ハリエットの甘い味がする。それを楽しみながら小さな舌を吸い上げ、上顎を擽る。その内ハリエットから可愛らしい鼻声が聞こえるようになってきて、アーヴィングはムクムクと肉欲が膨れ上がっていくのを感じた。

（……まずい。触りたい……。触ったら怒るだろうか……）

先ほど膝にのせた時も「ジョーダンに見られたら困る」と躊躇《ちゅうちょ》していた。寝室でもない場所で触れ合うのは、やはり恥ずかしいと嫌がりそうだなと思う。

ダメだと思うのに、キスで力が抜けたのか、ハリエットがくたりと身を預けてくるので、アーヴィングはさらに煩悩《ぼんのう》と戦わねばならなくなった。

（うう、柔らかい……いい匂い……ふわふわ……うう、くそ、しっかりしろ、しっかりするんだ、アーヴィング・ロシエル・ヴィンター……！）

膝の上に感じる妻の臀部の柔らかさや、髪から香る彼女の肌の甘い匂いに、理性と本能を量る天秤はグラグラと揺れまくっている。

だがしかし、だ。よく考えてみてくれ諸君。アーヴィング・ロシエル・ヴィンターと、その情欲を刺激してやまない可愛すぎる罪深き妖精《ニンフ》、またの名をハリエット・マリア・

ヴィンターは、説明するまでもなく夫婦である。夫婦とはそういった触れ合いをしていい唯一無二の相手なのではなかろうか。アーヴィングはハリエット以外の女性に触れたいと思ったことなどないから分からないが、世の中には妻以外の女性に触れる阿呆も存在するのだから、それに比べれば妻に触れることくらい、大した罪にはならないのではないだろうか。

一瞬の内に己の肉欲を肯定する言い訳を思いつくのだから、人間の欲とは恐るべし。

（……す、少しだけなら……）

と片手を桃尻に伸ばそうとした瞬間、ハリエットがガバッと身を起こした。

「そうでした！　私、相談があってここに来たのです！」

「あっ、そうでしたね！　相談！　相談でした！」

小さくビクッとしたことには気づかれていないようで、アーヴィングは伸ばしかけた手をそっと元の位置に戻す。危ないところだった。こんな半分屋外のような場所で盛《さか》ったら、きっと盛大に呆れられてしまっただろう。

内心冷や汗を掻いている夫を他所《よそ》に、ハリエットは大きな目でこちらを窺ってくる。

「あの、最近はお仕事……あの、ええと……」

言い淀むハリエットに、アーヴィングはクスリと笑った。妻はまだ夫の職場の名前を覚え切れていない。『非人道的犯罪組織対策機関（Counter Crime Against Humanity Uint）』

も、その略称も少々長ったらしいので仕方ない。

「ＣＣＡＨＵ？」

助け舟を出すと、ハリエットはパッと顔を輝かせた。かわいい。

「そう、それです！　最近は少し落ち着いたみたいで、安心しました。ずっと忙しそうで……ちゃんと眠れているのか心配だったし、疲れが溜まっているんじゃないかって……。それに、こんなことを言うのは不謹慎なんですけど……、あの、忙しかった時はちょっと寂しかったりもしたので、こうして一緒にいられて嬉しいです」

えへへ、と笑うハリエットが光り輝いて見える。

「……！　……!!」

うちの妻は天使か。天使なのか。

アーヴィングは口元を押さえて天を仰ぐ。そうしなければ歓喜に任せて妙な呻き声をあげてしまっていただろう。

(妻と子と過ごすために、毎日死ぬ気で仕事を終わらせていて良かった……！)

愛する妻が自分と過ごすことを「嬉しい」と言ってくれるだけで、見てみろ、世界は光に満ちてこんなにも煌めいている。ここは東の国のおとぎ話に出てくる「桃源郷」というやつではないか？

頭の中では異国の楽園でスキップしていたが、さすがにそれを現実でやるほど人間を捨ていないアーヴィングは、キリッとした表情で妻に頷いた。

「ええ。一つ大きな案件を片付けましたから。……しばらくは落ち着いて過ごせそうですよ」

「しばらく？　どのくらいですか？」

「一年間ほぼ無休で働かされたのです。数週間は休みをくれと宰相閣下には言ってあります」

「まあ！　本当ですか？　……あの、でしたら、旅行にでも行きませんか？」

最愛の妻からの唐突な提案に、アーヴィングはいささか驚かされた。

なにしろ、彼女は絵に描いたようなインドア派だ。引っ込み思案な性格というわけではないが、結婚当初からこの屋敷をたいそう気に入ってくれていて、屋敷の中で過ごすのが一番好きなのだと笑顔で言っていた。アーヴィングが促してようやく外出するといった具合だったのだ。

ジョーダンが生まれてからは多少出るようになったし、最近では教会の慈善活動にも参加しているようだが、それも必要最低限のようだ。

その彼女が自ら旅行を提案してくるなんて、どういった心境の変化だろう。

「旅行？」

「ええ。……実はちょっと迷っていたことがあって、今日はあなたに相談しようと思っていたんです」

　そこで言葉を切って、ハリエットは少し困ったような表情をする。

「実は私の母のことなんです」

「君のお母さん、ですか？」

　思いがけない人物の登場に、アーヴィングは記憶の中から必要事項を引っ張り出した。

「……確か、ロズウェル子爵家出身でしたか？　君が四歳の時に、離婚して出て行ったという……」

「ええ、その通りです。離婚した後、実家の子爵家に戻り、その後すぐにセシリー男爵の後妻になったそうなんです」

　なんの気負いも感慨もなく淡々と告げる妻を見て、逆に少々心配になってしまった。

（……ハリエットの実母は、幼い彼女を捨てて実家に戻った人だ。実母が娘も一緒に連れて行っていれば、ハリエットは父親から虐待されることもなかった……）

　幼い頃の彼女の境遇を思うと、胸が張り裂けそうになる。

「セシリー男爵というと……確か十年ほど前にラリーランドへ渡ったのではなかったですか？」

　蒸気船の開発で新大陸ラリーランドが発見されて数十年、新たな富を得んと新天地を目指す人々は増える一方だ。その中には貴族も含まれていて、男爵はその一人だった。

「ええ。そのセシリー男爵で間違いありません。母は男爵とともにラリーランドに移住していたらしいのです」

「そうだったのですか……それは知らなかった」

セシリー男爵がラリーランドに渡ったことは知っていたが、その奥方がハリエットの母だということまでは把握できていなかったので、なんだか申し訳ない気持ちになってしまった。だがハリエットは軽く肩をすくめる。

「私もこの間知りました」

「え」

「こんな手紙が来たものですから……」

言いながらスッと差し出してきたのは、白い封筒だった。海外から届いたことが分かる大きな判子が押されてある。

「これは……」

「ラリーランドの母からです。私に会いたいと書かれてありました」

「それは……」

会いに行くべきだ、という言葉を、アーヴィングは呑み込んだ。

なぜならハリエットが母親に対してどういう感情を抱いているか分からなかったからだ。

ちなみに、父親に関してなら聞いたことがある。

『父を表現する言葉は、ろくでなし、の一言ですね。愛情を抱いているかと言われたら、正直なところ分かりません。向こうから愛情らしきものを受け取ったこともないので』

なんの感情も浮かべずサラリと言う彼女が、ひどく痛々しいと感じたのを覚えている。

ちなみにそのろくでなしが娘を兄に売った結果、アーヴィングは彼女と結婚できたのである。その点では感謝してもいいのかもしれないが、彼女に暴力を振るっていた段階で処刑対象なので、残念ながら感謝の念はカケラもない。

とはいえ、その父親はもう数年前に酒が元で体を壊し、酒瓶を手に一人寂しく死んでいる所を発見された。

その時もハリエットの目に涙はなく、少し寂しそうに「父が死んだというのに、安堵しか湧いてこないのです」と言っていた。

(……その気持ちは痛いほどに分かる。私もそうだからだ)

アーヴィングもまた、実の母親に虐待されてきた過去がある。異母兄を殺そうとさえした母は、現在精神病院に入院していて、おそらく生涯出されることはないだろう。

自分もハリエットも、親に対して複雑な感情を持っている。親だからというだけの理由で彼らを無条件で愛せるわけではないことを知っているから、不用意に彼女に「母親に会いに行くべきだ」とは言えなかった。

「……君は、どうしたいのですか？」

アーヴィングが訊ねると、ハリエットはホッとしたように頬を緩め、するりとアーヴィングの腕の中に滑り込む。妻の温もりを愛しく思いながらその華奢な体を抱き締めると、彼女がポツリと呟いた。

「分からないんです。四歳で母が出て行って以来、会ったことはなくて……会いたいという気持ちは、子どもの頃にもう枯渇《こかつ》してしまっています。それでなくとも、父が暴力を振るうと分かっていて、娘を置き去りにする人です。今更会いたいと言ってくるのも、きっと私が侯爵夫人になったと知ったから……なのではないかなと、少し意地の悪いことを考えてしまって……」

アーヴィングは何も言えなかった。同じことを考えていたからだ。

(二十年近くも放置していた娘に、いきなり会いたいなどと……金の無心をしたいのだと疑われて当然だろう)

本音を言えば、会わせたくないなと思う。

他人のアーヴィングから見ても、ハリエットの母親に、娘に対する愛情があるとは考えにくい。母親に会うことで彼女が傷つくことになるのではと危惧する気持ちはものすごくある。

「……でも、会ってみたいのでしょう？」

アーヴィンはできるだけ優しい声で確認した。

ハリエットはアーヴィングの感情に敏感だ。少しでも嫌な声を出せば、きっと自分の望みを押し殺してしまうだろう。それはアーヴィングの本意ではない。彼女には心のままにあってほしい。

（……それで君を傷つける者が現れたなら、私が全て排除してあげるから）

何人たりとも、妻を傷つける者には容赦はしない。

幸いにしてアーヴィングにはその権力も財力もある。

ハリエットの親だろうと、彼女を傷つけるのであれば迷いなく排除してやろう。

そんなアーヴィングの密かな覚悟を知らないハリエットは、眉を下げて小さな笑い声を上げた。

「……あなたはなんでもお見通しなんですね」

「どうでしょう。君のことなら全て見通したいと思っているのは本当ですが」

アーヴィングは心からの言葉を言ったのに、ハリエットは笑みを強張らせる。

「……それはそれで少し怖いですけど」

「え」

怖いのか？　なぜ？

頭の中にクエスチョンマークが飛び交ったアーヴィングだったが、ハリエットが続きを話し出したので意識をそちらに集中させる。

「あなたの言う通り、母に会ってみたいという気持ちがあるんです。ただの好奇心なのかもしれないけれど……」

「会ってみてもいいと思います。その代わり、私も一緒に行くこと。これが条件です」

ハリエットの母親の目論見が分からない以上、彼女一人で会わせるわけにはいかない。

その条件に、ハリエットはまたふふっと笑った。

「私も、一人では怖かったんです。あなたが一緒に行ってくれたら、と思っていて……」

「なるほど、それで、『旅行』だったんですね」

ラリーランドへ母親に会いに一緒に行ってほしいということなのだろう。

「ええ。ラリーランドへ行くとなると、船の往復だけで一週間以上かかりますから……」

「確かに」

この国から蒸気船でラリーランドへ向かった場合、最短コースの無寄港でも片道四日かかる。途中いろんな国の港に立ち寄るコースでは、長いもので一ヶ月かかるものもあるくらいだ。

(仕事の方は、あの宰相《クソジジイ》を脅せばなんとでもなるが……)

CCAHU長官であるアーヴィングの直属の上司は、宰相閣下である。

その宰相の妻は王の従妹であり、尻に敷かれていることで有名なのだが、その宰相が密かに王都の外れの別邸で若い妾を囲っていることをアーヴィングは知っていた。これで脅してやれば数週間の休みなどすぐに寄越すだろう。

「私の仕事の方はなんとかするから問題ないですが、心配なのはジョーダンですね……」

アーヴィングが指摘すると、「そうなんです」とハリエットが苦く笑う。

「あの子、水をとても怖がるから……」

「そうなんですよね……」

アーヴィングはため息をついた。

あの一件以来、ジョーダンは海に近づくことすら嫌がるようになってしまったのだ。

「きっと船を見ただけで大泣きしてしまうでしょうね……」

「……」

アーヴィングは何も言わなかったが、全面的に同意だった。船を前に耳をつんざくような泣き声で、野性の生き物のように大暴れする我が子の姿が目に浮かぶ。多分クロちゃんよりも野生的だ。

「……やっぱり無理ですね。すみません、困らせてしまって……」

ハリエットが残念そうにため息をついた時、「行っておいでよ」と朗らかな声がした。

「まあ、神父様！」

ハリエットは言いながら、慌ててアーヴィングの膝の上から飛び降りる。

自分の上から妻の温もりが消えるのを悲しく思いながら、アーヴィングもまたソファから立ち上がった。

温室の入り口の方からやって来たのは、ジョーダンを抱いた兄のナサニエル神父だった。腕の中のジョーダンは、半泣きのしかめっ面でこちらを睨みつけている。

「おふね、やーよっ！」

どうやら両親の話を聞いていたらしく、そう叫ぶと伯父に縋り付くようにしがみついた。

ナサニエルはクスクス笑いながら、ジョーダンの背中をポンポンと叩いている。

「行っておいで、ハリエット。お母さんに会えるんだろう？　ジョーダンは僕が見ておくから」

兄の言葉に、ハリエットが驚いた顔になる。

「そんな！　神父様にそのようなご負担をお掛けするわけには……！」

「大丈夫、僕は普段から子どもの面倒を見ているから、扱いには慣れている。それに、ジョーダンも僕によく懐いてくれているしね」

「ジョーダンはナットが大好きだもんね？」とナサニエルがジョーダンに目配せすると、ジョーダンは先ほどまでのしかめっ面を一変させ、キャーッとはしゃぎながら「なっと、だいしゅき！」と兄の頬にキスをしている。

兄と息子のイチャイチャに、アーヴィングは少々嫉妬の念でもやっとしないでもなかったが、今はそんなことを言っている場合ではない。

「でも、子ども教室や、教会だって放っておくわけには……」

「最近孤児院を増設したと言っていただろう？　それに伴って、本部から若い見習い神父や修道女が十数名来ることになったんだ。何度も面接したけど、信頼のおける人たちだ。教会もだけど、子ども教室の方も彼らに任せて大丈夫。心配ないよ。それよりも、これは君にとって肉親に会う最後の機会かもしれない。後悔することにならないよう、会いに行っておいで」

ナサニエルに促され、ハリエットは涙ぐみながら頷いた。

「……ありがとうございます、神父様」

「ありがとう、兄さん」

アーヴィングも妻の肩を抱いて礼を言うと、ナサニエルはにやりと笑ってウインクしてくる。

「少し遅い新婚旅行だな、ヴァン。君たち、まだだっただろう？」

意外なことを指摘され、アーヴィングとハリエットは顔を見合わせた。

そういえば、自分たちは新婚旅行に行っていない。急に決まった結婚だったし、当時は離婚前提の結婚だと思っていたから、新婚旅行など眼中になかったのだ。

（……ハリエットには悪いことをしてしまった）

自分の都合を押し付けられて、まともな新婚生活を送らせてやれなかったどころか、新婚旅行にすら行かせてやれなかった。

(なんてことだ……！　こんな大事なイベントを見過ごしていたなんて！)

自分の不甲斐なさに歯噛みしつつ、これが挽回の機会だと、アーヴィングは兄に頷き返す。

「その通りだね、兄さん」

「うんうん。豪華で素敵な旅行にしてあげなさい」

「そうします！」

「そ、そんな……！　アーヴィング、神父様……！　私は別に豪華とかじゃなくても、母に会いに行ければそれで……！」

頷き合う兄弟に、ハリエットは焦ったようにブンブンと頭を横に振っていたが、何度も言うがこれは挽回の機会である。

最愛の妻に、心に残る最高の新婚(？)旅行を！

アーヴィングは決意を固め、頭の中で計画を練り始めたのだった。

＊＊＊

紅茶の芳ばしい香りが居間《パーラー》に広がった。

大きな窓の傍に立って物思いに耽っていたハリエットは、ティーセットののったワゴンを押す執事の姿に気づき、ホッと目を細める。

「まあ、お茶を淹《い》れてくださったの？　ありがとうございます。ちょうど喉が渇いたなって思っていたところなんです」

ハリエットが言うと、執事は静かに微笑んだ。

「タイミングが合ったようでよろしゅうございました」

「ふふ。マルセルさんはいつもタイミングバッチリですよ！　私の頭の中が見えているみたい！」

「おやおや。そんな不思議な能力は持ち合わせておりませんが、ハリエット様のお好きな紅茶とお菓子を覚えておくことはできます」

執事はそう言いながら、ワゴンにのった焼き菓子を手で指す。そこにはナパージュを塗られて艶々としたチェリータルトがのっていた。中にはバニラビーンズ入りのカスタードクリームがぎっしりと入っている、このヴィンター侯爵邸の料理長の作る芸術品だ。

「きゃあっ！　血塗られた蜃気楼《ブラッディミラージュ》！」

ハリエットは歓喜の悲鳴を上げる。ちなみに『ブラッディミラージュ』とは、このタルトの名前である。このタルトを初めて見たジョーダンが、サッと小さな指をタルトに向けて、「あっ、ぶろでぃーみろーじゅだ！」と叫んだことが由来である。よくよく訊いてみれば、その正しい発音は『ブラッディミラージュ』で、どうやらナサニエル神父に読んでもらっている絵本の中に出てくる地獄のアイテムの名前らしい。何に使われる物なのかは、説明されたがよく分からなかった。魔法と魔王が絡んでくるらしい。なるほど。

この美味しそうなタルトを見て、二歳児がそんな禍々《まがまが》しい（痛々しい）名前をつけるなんて、ナサニエル神父の英才教育、恐るべし。

ともあれ、そんなちょっとおかしなセンスにも、父親であるアーヴィングで慣れているこの屋敷の面々は、絶品チェリータルトにつけられたこの怪しげな名前もすんなりと受け入れたのである。

「ええ。血塗られた蜃気楼《ブラッディミラージュ》は、ハリエット様と坊っちゃまの大好物ですから。チェリーの季節が終わる前にと、料理長がシロップ漬けをたくさん拵《こしら》えているようです」

「ふふふ、そしたら季節が終わっても、しばらくは血塗られた蜃気楼《ブラッディミラージュ》をいただけるのね！　嬉しいわ！　きっとジョーダンも喜びます！　料理長にお礼を言わなくちゃ！」

ハリエットが笑顔で言うと、執事は「後ほど私が伝えてまいります」と頷いて、ハリエットをソファの方へと促した。

チェリータルトと紅茶を給仕され、ハリエットは紅茶の香りを楽しみながら、ほう、とため息をつく。

「……いい匂い……。マルセルさんの淹れてくれる紅茶は、本当に美味しいわ」

「恐れ入ります」

「こうしてゆっくりとお茶ができるのは久しぶりですね。いつもジョーダンのヤンチャに振り回されてバタバタしていますから……」

息子の数々のイタズラを思い返しながらぼやくと、執事はクスクスと笑った。

「坊っちゃまは大変活発でいらっしゃいますから。男の子はワンパクなくらいがちょうどいいのだと、私の亡くなった母が言っておりました」

「それにしても、ワンパクが過ぎる気がするのだけど……」

この間、ヴィンター家の家宝の大壺を割られた時には眩暈がした。

「あの子がこれまでに壊した物の金額を合わせると、小さなお城が買えるのじゃないかしら……？」

大壺をはじめ、ジョーダンが破壊した物を指折り数えていると、執事が苦笑する。

「そこまでは……。その程度でこのヴィンター侯爵家が揺らぐようなことはございませんので、ご安心ください」

「……それは、そうかもしれないですけど……」

「それに、私は坊っちゃまのヤンチャなお姿に、とても安堵してしまうのです」

「え？　安堵、ですか……？」

あんな怪獣のような姿を見て、恐れ慄《おのの》く人はいれど、安堵する人間は少ないのではないだろうか。

　ハリエットが目を丸くしていると、執事は少し困ったように眉を下げて微笑んだ。

「……ご主人様……、アーヴィング様も兄君のオーランド様も、大変大人しいお子様でしたから……」

「あ……」

　執事が言わんとしている言外の言葉を悟り、ハリエットは目を伏せた。

　アーヴィングとナサニエルの兄弟は、母親である前侯爵夫人にひどい虐待をされて育ったのだ。母親に理不尽に打擲《ちょうちゃく》される毎日に、ヤンチャなどできるわけがない。母親の機嫌を窺い、その目につかないようにひっそりと息を殺して生きる幼い兄弟を想像し、ハリエットは胸が痛んだ。

「……私は坊っちゃま方がひどい目に遭わされているのに、何もすることができませんでした。まともな大人であれば、ジョゼフィーネ様をお諫《いさ》めするべきでしたのに……！」

　そう語る執事の顔は苦悶に満ちていた。

　正直、「あなたがそうしてくれていたら良かったのに！」と思う気持ちがないわけではない。辛い幼少期を過ごさなければならなかったアーヴィングやナサニエルのことを思うと、誰かが――周りの大人が、彼らに手を差し伸べるべきだったのだ、と叫びたくなる。

　だがそれは、言っても詮無《せんな》い話だ。

この国に貴族制度がある以上、雇い主である貴族に逆らった使用人が無事でいられるはずがない。自分の身を守るために、目の前で起きている凄惨なことから目を背けることを、彼らと同じ立場にないハリエットが責められるわけがない。

「あなたのせいではありません。それに、アーヴィングは言っていました。〝マルセルだけが僕らを母親から庇ってくれた〟って……」

ジョゼフィーネが不機嫌な時、急いで兄弟を図書室や庭に逃がし、「子ども達を呼べ」と叫ぶ女主人の相手を自分がすることで、矛先を変えてくれたことが何度もあったらしい。

兄弟にとって、執事長は唯一の頼れる大人だったに違いない。

家督を継いだアーヴィングがまず初めに行ったことが、屋敷の使用人の総入れ替えだったそうだが、執事長だけは残したのがその証拠だ。

ハリエットの言葉に、執事長はなおも悔恨の滲む表情だったが、静かに息をついた。

「……そう言ってくださってありがとうございます。ですが、あの時に何もできなかった自分を私は永遠に許さない……そう自戒を込めて決めているのです。だからこそ、天真爛《てんしんらん》漫《まん》にヤンチャをしているジョーダン坊っちゃまを見ていると、安堵してしまうのですよ」

そう言われてしまうと、ハリエットは苦笑いするしかない。

確かに子どもが怯えて萎縮《いしゅく》してしまっているよりは、ワンパクすぎて壺を割っている方が数倍良い。

「そうですね……」

「ですから、問題はジョーダン坊っちゃまではなく、旦那様の方です」

「えっ……」

執事に力強く主張されて、ハリエットは目を瞬く。

今アーヴィングの話をしていただろうか。

「い、今の話題はジョーダンでは……？」

「ええ、ですから、ジョーダン坊っちゃまは素晴らしいお子様です。非の打ちどころのない、天衣無縫《てんいむほう》の天使でございます」

「ま、まあ……」

あのちびっこギャングを天使と言ってくれる人は大変貴重であるが、いささか贔屓目《ひいきめ》がすぎる気がする、とハリエットは微妙な気持ちで微笑んだ。

「ハリエット様も、気に病んでおいでなのではないですか？　実のお子様を前にあんなに尻込みなさっているようでは、いつまで経っても父子の仲は深まらない、と……」

困ったものだ、と吐露する執事長に、ハリエットは苦く笑って口を噤んだ。執事長の言っていることは事実だったからだ。

アーヴィングは息子であるジョーダンに対して距離を置いている。

それはもちろん息子を愛していないからではないと、ハリエットは分かっている。

愛しているから、どうしていいか分からないのだ。

（アーヴィングは、両親から愛された記憶がない。見本がないから……）

親が子どもをどう愛するかを知らないのだ。だから、ジョーダンにどう接していいのか分からないのだろう。

ジョーダンが生まれた時、アーヴィングは生まれたての息子を見て涙を流した。

『美しい子だ。こんなに美しい子どもを、私は見たことがありません……！』

小さな顔におそるおそる触れ、そっと頬を撫でる仕草には、生まれたばかりの命への畏敬の念が満ちていたし、彼の流した涙は間違いなく息子への愛に溢れていた。

そしてハリエットに何度も「ありがとう」と涙を流しながら言ってくれた。

『この子の正しい父親に、私はなれるのでしょうか……』

ジョーダンを見つめながら、アーヴィングがポツリと漏らした一言に、今の状況が如実に表れている。

一度抱こうとしてひどく泣かれた時から、ジョーダンを抱こうと手を伸ばすことがなくなったし、声をかける際にとても緊張している。

「アーヴィングは、自分がジョゼフィーネ様のようになってしまうのが怖いのです」

ハリエットが言うと、執事がハッとした表情になって口を閉じた。

彼にも、アーヴィングがジョーダンを前に尻込みする理由が分かったのだろう。

ハリエットは瞑目して小さく息を吐き出した。

「どうしてそんなバカなことを、と思います。アーヴィングはあの方とは別人で、人を慮《おもんぱか》ることのできる、心優しい人ですもの。……でも、私には彼の気持ちが分かるんです。私も、ちゃんとした母親になった自信なんかないんです。母親の愛情を知りませんから」

「ハリエット様……」

「それに、自分が父と似ているのではないかと思う瞬間があって、自分を信じられなくなってしまうことがあるんです。そんな時、この手でジョーダンに触れるのが怖くなる。いつかこの手で、この子を虐待してしまうのではないかって……！」

ハリエットの過去を知る執事長は、痛ましげに眉根を寄せる。

そんな彼に、ハリエットは気を取り直すように笑顔を作ると、「大丈夫です！」と明るく言った。

「私は、ちゃんと分かっていますから。父と違って、私には助けてくれる人がいっぱいいます。アーヴィング、神父様、マルセルさん、乳母のメレディスさんや、他の皆さんも！私が間違ったことをしようとしたら、皆さんが止めてくれるし、諫めてくれる。そして手を差し伸べてくれるって。子どもの頃も、私はそうやって街の人達に救われてきたんです。誰かが傍にいてくれるなら、人は悪魔にならない。それを知っているから、私は大丈夫なんです」

ハリエットの微笑みに、執事長が感極まったように目頭を押さえ、何度も頷く。

「ええ、もちろんでございます、ハリエット様……！　我々はいつだって、主人ご夫妻のためにあるのですから……！」

「ふふ、ありがとうございます。頼りにしています」

執事にハンカチを手渡しながら、ハリエットは「でも」と思う。

（アーヴィングはそうじゃないから……）

アーヴィングは自分を信じきれていない。

自分が実の息子を虐待するかもしれない、自分の中にはあの母親と同じ怪物が住んでいるのだ、と心の底で思い込んでいるのだ。

結婚して三年、ハリエットはずっと考え続けてきた。

アーヴィングの中に巣くう、自身への恐れと不信を、どうやって無くせばいいのか。

（誰かをちゃんと信じることができたら、きっと自分を信じることもできるはず）

ハリエットがそうだったように。

ハリエットは街の人に救われた。街の人たちを信じられたから、怪物にならずに済んだ。

そして今も、アーヴィングをはじめとする周囲の人たちを信じているから、自分が父親のようにはならないと信じることができているのだ。

（アーヴィング、あなたにも信じてもらわなくては。私が、あなたの傍にいるのだと）

アーヴィングはハリエットを心から愛してくれている。それは疑っていない。

けれど、そこにあるのは夫婦としての絆だ。

父と母としての絆ではない。夫と妻という関係以外にも、父と母としての関係を構築できていないから、父という立場に立った時、アーヴィングはハリエットを頼れないのだ。

（まずは、あなたと私……父と母として、対峙してみなくては）

ハリエットの実母の手紙の件は、いい機会だと思った。

（私もまた、ちゃんとした母親になれているわけじゃない）

母親を知らないハリエットにとって親の愛情は、救ってくれたナサニエル神父からもらった愛情であり、面倒を見てくれたパン屋の女将さんからもらった愛情だ。

今もたくさんの人の手を借りて息子を育てているから、なんとかなっているだけだ。真に母親としてジョーダンと対峙できているのかと言われたら、全く自信はない。

（だから、アーヴィング。私たち、この旅行を機に私たちらしい父と母という形を模索しましょう）

ハリエットは決意を込めて、血塗られた蜃気楼《ブラッディミラージュ》にフォークを刺したのだった。

第二章　豪華客船で蜜月旅行

急な船梯子《タラップ》を登り舷門《げんもん》に入ると、三つドアのあるロビーに辿り着いた。

そこに紺色に赤いラインの入った制服を着た乗組員《クルー》が立っていて、客のチケットを確認している。アーヴィングがチケットを見せると、乗組員はにっこりと笑顔を見せて「いらっしゃいませ。オデュッセウス号へようこそ！」と挨拶をした。

「一番右のドアは特等船室をご利用のお客様専用の遊歩道に繋がっております。ラウンジチェアに座りオーシャンビューを楽しめますので、後ほどどうぞご利用ください。そして手前の二つのドアは、大階段へと通じるものです。大階段はオデュッセウス号自慢の場所となっておりますので、どうぞお楽しみくださいませ。階段からお客様のお部屋があるAデッキに行くことも可能ですが、ご面倒な場合は階段の後ろを回っていただければ、エレベーターもございます」

早口の説明を受け、アーヴィングは「ありがとう」と頷いたが、説明されずともこの船の構造は全て頭の中に入っている。

（我が妻を乗せて一週間も陸から離れるのだ。何かあった時に妻を守り切れるように、最大限の準備をして臨むのは夫の務めだ）

このオデュッセウス号の持ち主は、悪名高き大富豪ルーシャス・ウェイン・アシュフィールドだ。全世界を股にかけた大商人で、その所有財産は国王をも凌ぐと言われている。平民出身である彼には様々な黒い噂があるが、中でも有名なのは社交界に入り込むために伯爵令嬢を金で買って妻にしたことだろう。

（……だが夫婦仲は非常に良さそうだった）

アーヴィングはアシュフィールド夫妻に直接会ったことがあるが、金で買われた妻にしては、ずいぶんと夫を尻に敷いていた。夫の方も喜んで妻の尻に敷かれているようだったから、噂は噂に過ぎないのだろう。

ともあれ、目利きとしても有名なアシュフィールドが、この世で一番豪華な客船を造ったというので、アーヴィングは「これだ！」と思ったのだ。

アシュフィールドには一度情報提供してやったことがあった。それを恩に着せるわけではないが、船のチケットを確保してくれないかと頼んだら、なんと特等船室のチケットを送ってきたのだ。

『ヴィンター侯爵夫人に礼をと、妻が言っていた。先日のチャリティバザーとやらで、ずいぶん世話になったらしい』

と手紙に添えられていた。ハリエットに確認すると、「ああ、そういえばこの間参加したチャリティバザーは、アシュフィールド夫人が主催されたものでした」となんでもないことのように言っていた。

夫人は元伯爵令嬢だが、アシュフィールドと結婚した今は平民だ。いわば『平民落ち』した人物で、特権階級意識の強い貴族の中には、彼女を仲間はずれにしたがる意地の悪い連中も多いだろう。

だがハリエットはそういった差別を一切しない。

(確かアシュフィールド夫人は、平民のための学校を作ろうとしていたはずだ)

平民のための学校——兄の『子ども学校』に通じるものだ。『子ども学校』に救われたハリエットが、夫人の志に共感しないわけがない。普段はあまり外に出ようとしない彼女が自ら参加したということが、もうそれを物語っている。

(多分、当日のバザーでも一生懸命働いたのだろうな)

寄付する金や物を持ち込むだけの貴婦人方とは違い、彼女は自ら率先して動いたのだろう。子どもの頃からパン屋で働いて日銭を稼いでいたという彼女は労働に慣れているし、それを尊いものだと自然と理解しているからだ。

アシュフィールド夫人の感謝は、ハリエットのそういった部分に対してなのだ。

アーヴィングは妻にそう伝えたが、彼女は「普通のことをしただけなのですけど」と曖味に笑っただけだった。

（きっと自分の美徳をあまりよく分かっていないのだろうな）

そんな彼女は、アーヴィングの隣で目をキラキラさせて船の中を見て回っていた。

船旅に相応しいモノトーンカラーのアフタヌーンスーツに、白い手袋、そしてつばの大きな帽子というコーディネートが洒落ていて、とてもよく似合っている。まあ彼女は何を着ても似合うのだが。

手には大きな籠を持っていて、その中に何かゴソゴソと動いているのを見て、乗組員が少し顔を引き攣《つ》らせていた。

「うわぁ！　すごい……！　ここ、本当に船の中なんですか……？　まるでお城……！」

ハリエットが感嘆の声をあげるのも納得だ。

あの乗組員が自慢するだけあって、その大階段のあるホールは非常に豪華な作りだった。

ドアを出て正面に堂々と構えるのは、壮麗な大階段だ。手摺りはオーク材と錬鉄でできていて、熟練の職人の手作業によって複雑な模様で飾られていた。ちょうど正面に位置する踊り場の壁は木製で、中心の高い位置に時計が嵌め込まれている。天井はドーム型になっていて、船の中とは思えないほど高く明るかった。

（彼女の言う通り、確かに宮殿のダンスホールを彷彿とさせる豪華さだ）

他を圧倒する贅沢な作りに、あの傲慢で強《したた》かな商人の性格が滲み出ているなと感じながら、アーヴィングは階段の後ろを指した。

「ハリエット、エレベーターはこの後ろです」

「え？　階段で行かないのですか？」

「クロちゃんの籠があるでしょう？　それを抱えて階段は辛いでしょうから……」

「あら、全然辛くはないですけれど……」

ハリエットが大事そうに抱えている大きな藤籠を見下ろすと、中で「きゅっ」と小さな鳴き声がした。

「あら、クロちゃん、自分の名前を呼ばれたの、聞こえたみたいですね」

ふふふ、と笑いながらハリエットが籠を撫でる。

「重たいでしょう？　私が持つと言ったのに……」

「普段ジョーダンを抱っこしているから、クロちゃんなんて羽根みたいですよ」

何気なくそう返されて、アーヴィングはチクリと胸が痛んだ。

（……そうか。あの子はもうそんなに重いのか……）

生まれた時、ジョーダンの体重はちょうど黒き深淵の炎《ダークフレイムオブジアビス》と同じくらいだった。こんなに軽くて頼りない命が自分の子どもだと思うと、守らなくてはという想いが強く芽生えた。

だがその後、前述の理由でアーヴィングが息子を抱く機会はほとんどなくなった。あの時の想いは嘘ではない。ジョーダンに何かあれば、何を賭しても必ず守るつもりだ。だが、それと抱っこは話が違う。なにしろ、ジョーダン本人から拒まれたのだから仕方ない。

（……仕方ない、のだろうか……）

しょんぼりと肩を下げると、そんな主人を嘲笑《あざわら》うように、籠の中の愛玩動物がまた「キュッ」と鳴いた。

この船旅には、黒き深淵の炎《ダークフレイムオブジアビス》も伴っていた。自分たちが留守の間見がいてくれるとはいえ、小さな怪獣《ジョーダン》を置いてくるのだ。執事長をはじめ、使用人総がかりで面倒を見ることになるだろう。

黒き深淵の炎《ダークフレイムオブジアビス》は、この国では見ない珍しい生き物なせいか、執事長以外の使用人たちは怖がって近づかない。ただでさえ忙しい執事長に、ジョーダンに加えてこの子の世話まで任せるのは、さすがに申し訳ないと思って連れてきたのだ。

賢く人に慣れているため、クロちゃんは肩にのせたり抱いたりした状態でも逃げ出したりしない。だが船の中では万が一ということがあるからと、ハリエットが藤蔓で編まれた籠を用意してきたのだ。

狭い場所に入れられるのを嫌がるのではないかと思ったが、ハリエットが「クロちゃんおいで～」と甘い声で呼ぶとすんなり入っただけでなく、そこで毛繕いを始めるといった寛《くつろ》ぎぶりだった。本当にハリエットによく懐いている。

だが彼女の方も、家にいる時よりもクロちゃんに構っているような気がする。自分の傍に置いておきたい、といった感じだ。

（……今はジョーダンがいないから、手持ち無沙汰な気がしてしまうのだろうな）

二歳児の存在感は絶大だ。現在、ハリエットの時間のほとんどを支配していると言っても過言ではない。そのジョーダンがいないと、物足りないというか、何となく不安を感じてしまうのも無理はないのかもしれない。

クロちゃんの籠を自分で持ちたいというのは、その表れなのだろう。

「まあクロちゃんはともかく、荷物が多いですから。ひとまず部屋に行きましょう」

「そうですね。早くあの荷物を置いてこなくちゃ」

ハリエットは慌てたように後ろをチラリと見た。

自分たちの背後には二名の使用人が付いてきていて、その手にはたくさんのスーツケースがある。それら全てにアーヴィングやハリエットの物が入っているのだ。

ハリエットはその量を見て、「こんなに必要ですか？」と驚いた顔をしていたが、まだ少ない方だ。貴族の旅行となると、荷物だけでもう一台馬車が必要になると言われている。

そして当然だが、旅行には使用人も付いてくる。今回の旅行では、フットマンとレディーズメイドの二人を伴ってきたが、もっと多いのが一般的だ。

「ラリーとイライザにも、船を楽しんでほしいですものね！」

ハリエットがフットマンとメイドを見て言うと、彼らは「恐れ多いです」と頭を下げたものの、ニコニコと嬉しそうに笑っている。彼らもこの豪華客船を見物して回りたいのだろう。

　この使用人たちはそんな名前だったか、と思いつつ、アーヴィングは苦笑いしてしまった。

（彼らは仕事をしに付いてきたのであって、船旅を楽しむためではないのだが……）

だがそんなところもハリエットらしい。

微笑ましく思いつつ、アーヴィングは妻とともに自分たちの泊まる客室へと向かった。

特等船室は、これまた豪華だった。

　三つの客室が繋がった巨大な特別室で、入り口から入ってすぐの部屋は真ん中に丸テーブルとチェアの置かれた居間になっていた。絨毯は深いグリーンで、美しい幾何学模様が織り込まれている。天井は高く、煌めくシャンデリアが六つも下がっていて、船内だというのに非常に明るい。四角い部屋の四隅には大きなソファが置かれていて、どれもセンスの良い高級品だと分かる代物だ。

「え……ここ、本当に船の中ですか？」

　部屋に入った途端、ハリエットがまた同じことを言った。

「確かに、うちの屋敷の居間と同じくらいの広さですね……」

　アーヴィングも驚きながら頷く。船の中なのに、下手をすれば陸の屋敷より豪華である。

「わぁ、ねえ、アーヴィング！　見てください！　寝室が二つもありますよ！　バスルームもすごく素敵！」

続き間のドアを開けてそちらを覗き込んだハリエットが、はしゃいだ声をあげている。

アーヴィングは使用人たちに荷物を解くように指示しながら、愛妻の後を追った。

だが寝室には彼女の姿がない。

どこへ行ったのかとキョロキョロしていると、バスルームから「こっちです！」と声が聞こえた。

「ハリエット？」

バスルームに入ると、入り口の近くに藤の籠が転がっている。クロちゃんを籠から出したのだろう。

「……すごいな」

バスルームもまたゴージャスだった。大理石の床は柔らかなベージュで、トイレと洗面台は金をあしらった陶器でできている。その隣がガラス戸で仕切った浴室になっていて、大きな陶器でできたバスタブと、その上部にやはり金色の大きなノズルが見えた。

「ここにいたのですか」

そのバスタブの中に、ハリエットとクロちゃんがちょこんと座っている。

「見てください！　このバスタブ、こんなに広いんです！　それに、これ、シャワーですよね？」

「ああ、本当だ。シャワーですね。私も初めて見ました」

最近話題の、上から清潔なお湯が降ってくる仕組みだ。

この国ではまだバスタブにお湯を張って入浴するスタイルが主流だ。洗髪などのための湯を他に用意しておかなければならないため手間もかかるし、時間が経てば湯が冷めるため不便が多かった。この画期的なシャワーの便利さに、取り入れる貴族が増えているのだとか。確かアシュフィールドはシャワーの取り付け販売業もやっていたなと思いながら、なるほどな、と独りごつ。

（こうやって実際に体験させることで販売促進につなげるわけか。上手いやり口だ）

おそらくあの男の所有するホテルにもシャワーが完備されているのだろう。

「私、シャワー使ってみたかったんです！」

「そうだったんですか？　言ってくれれば……」

すぐにでもうちの屋敷にも取り付けたのに、と続けようとした時、ハリエットがこちらを見上げてふわっと綿菓子のような甘い微笑みを浮かべる。

「お風呂、楽しみですね！」

「……っ」

アーヴィングは息を呑んだ。

脳内には、全裸でしどけなく湯船に浸かる妻の姿がポンッと現れる。熱い湯で上気した肌は薄紅に染まり、濡れた栗色の髪が頬にかかっている。普段あどけないほどの彼女が、自分にだけ見せる妖艶な美しさに、妄想だというのにゴクリと唾を呑んでしまう。

(待て！　待つんだ、アーヴィング！　今はそんな不埒な妄想をしている場合ではない！)

いやだがしかし、この旅行は蜜月旅行だ。夫婦水入らずであんなことやこんなことをして楽しむための旅行であるからして、愛妻が「風呂が楽しみだ」と言えば、それ即ちお誘いという解釈でいいのではなかろうか。「よしきた、今すぐ一緒に入浴しよう！」と服を脱ぎそうになった自分を、アーヴィングは平手打ちすることで正気に戻らせる。バチンと良い音がした。痛い。

「ア、アーヴィング!?」

ハリエットが仰天してバスタブから立ち上がる。それはそうだろう。唐突に自分で自分を殴る人間はそういない。奇行でしかない。

「な、な……？」

あわわ、と赤くなった方の頬に手を伸ばしてくる愛妻に、アーヴィングはニコリと微笑んだ。

「大丈夫です」

「えっ!?　何が!?」

反射的に返されて、確かに、と思った。何が大丈夫なのだろうか。少し考えて、アーヴィングは適当なことを言ってみる。

「ちょっと蚊《か》がいた気がしたんです」

「蚊？　大丈夫ですか？　刺されていませんか？」

良かった。上手く誤魔化せた。

「刺されていませんよ。大丈夫。さあ、日が暮れる前に船の他の場所も見て回りましょう。暗くなると甲板に出るのは危険ですから」

「あ、そ、そうですね……」

彼女の手を引いてバスタブから出るよう促せば、肩にピョンと黒き深淵の炎《ダークフレイムオブジアビス》が飛び乗ってきた。

「おや、クロちゃん。お前も海が見たいのかい？」

首を指で掻いてやると、小さな生き物は気持ち良さそうに首を反らす。

「一緒に連れて行って大丈夫ですか？　海に落ちたりしません？」

「大丈夫。この子は外にいる間はのっている人間の傍を離れませんから。……きっと怖い思いをした経験があるのでしょう」

「……ああ……」

クロちゃんが以前見せ物小屋でひどい扱いをされていたことを、ハリエットも知っている。

彼女は悲しそうな微笑みを浮かべ、そっとクロちゃんの頭を撫でた。

「一緒に海を見ようね、クロちゃん」

優しい囁きに、肩の上のクロちゃんが「キュウ」と鳴いた。それがまるで返事のようで、アーヴィングとハリエットは顔を見合わせて笑う。

使用人の二人に、荷解きを終えたら夕食まで自由にしていいと伝え、二人と一匹で船内の散策に出かけた。

「あっ、アーヴィング、あれ、理髪店ですよね？」

「そうですね。煙草や小物なんかも売っているらしいですよ」

「理髪店で？　なんだか面白いですね！」

「ふふ、そうですね。少し見ていきましょうか。ジョーダンに何かお土産でも……」

アーヴィングがそちらへ足を向けようとすると、ハリエットにグッと腕を掴まれた。

どうした？　と思って妻を見ると、彼女は呆れたようにこちらを見上げている。

「アーヴィング。これ以上ジョーダンへのお土産を増やすつもりですか？」

「え……」

アーヴィングは内心ギクリとしてしまった。

（まさかアレがバレているなんてことは……）

「私、知っているんですよ。あなたが仕事でどこかへ行く度に、ジョーダンへのお土産を買ってくるくせに、それを渡さないまま、書斎の隠し棚の奥にしまい込んでいるのを……」

（……やはりバレていた……）

アーヴィングは声もなく額を押さえた。

しばしの沈黙の後、アーヴィングはボソボソとした声を出す。

「……君は書斎にあまり出入りしないと思っていました……」

「あなたが仕事で数日屋敷に帰ってこなかった時、寂しくてあなたの書斎で過ごしていたんです。その時に見つけました」

穴があったら入りたい気持ちで多少入っていたアーヴィングは、妻のこの発言で一気にビョーンと穴から飛び出した。何だその可愛い理由。

「なぜ渡さないのですか？　きっとあの子、喜ぶのに……」

困惑したように訊かれ、アーヴィングは少し困った。

（……あの子が喜ばなかったらと思うと、渡すのが怖くなった、なんて……言えるわけがない……）

明らかに父親失格だ。

ハリエットは自分とは違う。立派に母親業をこなしていて、ジョーダンにも懐かれている。

(それはそうだ。ハリエットは、私のような怪物ではないから……)

ハリエットは善良で優しく、正しい。彼女の中には怪物なんかいない。

(こんなに無様で狂暴な自分を、彼女に知られたくない……)

だからアーヴィングは、曖昧に微笑んだ。

「……渡すタイミングがなかっただけですよ」

適当に答えると、ハリエットは一瞬口を噤んだが、やがて何かを呑み込むようにして頷く。

「……では、この旅が終わったら、渡してあげてくださいね」

チョコレート色の瞳が、じっとこちらを見つめている。

彼女の眼差しが浮かべる妙な緊張感に、アーヴィングが約束するかどうかを窺っているのだと分かった。

逃れられないと察し、アーヴィングは微笑みを浮かべたまま首肯する。

「……そうですね。そうします」

約束をすれば、守らなくてはならない。

アーヴィングは買っては渡せずにしまい込んである大量のお土産を思い浮かべた。

本当にたくさんある。地球儀、オルゴール、木工細工のパズル、ぬいぐるみ、音の出るサイコロ、絵本や、色とりどりのキャンディも。

（……あのキャンディは、捨てておかなくては……）

買ってから半年は経っている気がする。飴だから腐っていることはないだろうが、小さな子は胃腸が弱い。お腹を壊したら大変だ。

一つにケチをつけてしまうと、全てにダメ出ししたくなるのはどうしてだろうか。

地球儀は、まだ小さいジョーダンには分からないかもしれない。ボールだと思って投げるかもしれない。あの子が楽しいならそれで構わないが、投げて破損した欠片でジョーダンが怪我をしたら、凹んで泣きたくなってしまう（アーヴィングが）。

オルゴールは曲が少し暗い調べだった。ジョーダンが怖がるかもしれない。泣かれたらしばらく立ち直れなくなってしまう（アーヴィングが）。

木工細工のパズルは、木の触り心地がとても良かったけれど、しっかりとした重さがあるので、それで顔をぶつけたりしたらと思うと怖い（アーヴィングが）。

ぬいぐるみは、定番のクマではなく珍しいサルのものを選んだのだが、妙にリアルで怖いかもしれない――など、考えれば考えるほど、ジョーダンに渡すのが躊躇《ためら》われてしまう。

（だが、約束をしてしまった……）

となれば渡さなくてはならない。どうしよう。アレらを渡したくない。

「ハリエット。やはり理髪店へ行ってジョーダンにお土産を……」

アレらよりマシな物が見つかるかもしれない。

急にソワソワとし出したアーヴィングに、ハリエットはため息をついた。

「ダメです。……お土産を買ってもいいけれど、今日でなくてもいいと思うのです。この船旅はまだ始まったばかりですもの。今は船内を探検しましょう?」

可愛く首を傾げられて、アーヴィングのソワソワした迷いはどこかへ飛んでいってしまう。

(そうだ。妻を楽しませるのがこの旅の目的……!)

「分かりました。そうしましょう」

即答すると、愛妻は女神のような微笑みを浮かべた。

甲板に出るまでの道すがら、ハリエットはいろんな物を見ては楽しそうに声を上げる。

それはお祭りに来た少女のようで、彼女がこの船旅を楽しんでいるのが伝わってきて、アーヴィングはホッと胸を撫で下ろしていた。

(良かった。喜んでいるみたいだな……)

この旅行は、彼女の実の母親に会いに行くための手段でしかない。その不安から、彼女が旅行を心から楽しめないのではないかと心配していたのだ。

(できることなら、その不安をなくしてあげたいが……)

ゼロにするのは無理だろうが、せめてその道中は楽しく過ごしてほしいと、不安になる暇もないほど珍しいものや豪華なものに囲まれる旅にしようと計画した。

その甲斐があって、ハリエットはとても楽しそうだ。

「こっちへ行くとカフェがあります」

「まあ、カフェが船の中にあるんですか？」

「あるらしいですよ。船内から海が一望できる作りになっているそうです。お茶やお菓子のほかに、ワインも出すようですね。行ってみますか？」

アーヴィングの問いに、ハリエットは首を横に振る。

「行ってみたいですけど、まずは船を全部見て回ってから！　それにしても、これだけ歩いたのに、まだ外に出ていないなんて……ものすごく大きい船なんですね。一週間あっても全部見て回るのは無理じゃないかしら。きっとずっと飽きないわ！」

目をキラキラさせる妻に、アーヴィングは昔のことを思い出してフッと噴き出した。

するとそれを見たハリエットが唇を尖らせる。

「あっ、アーヴィング、笑いましたね？　なぜ笑ってるんですか？」

「いや、だって、君は、うちに来たばかりの頃も同じようなことを言っていたなと思い出してしまって……」

「ええ？　そんなこと言いました？」

「言いました。うちの屋敷が広くてなんでもあるから飽きないって言ってくれて、嬉しかったのを覚えていますから」

外に出ようとしない彼女を心配し、「気晴らしに外出してみては？　屋敷の中ばかりではつまらないでしょう」と提案した時のことだ。あの頃彼女は何をするにも遠慮がちだったから、屋敷に引きこもっているのもそのせいなのではないかと思ったのだ。

「……嬉しかったんですか？」

「ええ。君が私の屋敷を気に入って、最高だと言ってくれた。あの頃から私は、君がずっと私の傍にいてくれたらと願っていたから……とても嬉しかったんです」

自分で言うのもなんだか、呆れた男だと思う。

アーヴィングは結婚当初、自分勝手な理由で、花嫁だったハリエットに『契約結婚』を突きつけた。可哀想に、拒絶できない彼女は仕方なく契約書にサインをさせられ、「仮初の妻」という立場の屈辱的な結婚生活を送ることとなった。

(……にもかかわらず、ハリエットはいつだって私に優しかった)

いつだって明るく献身的で、冷たい態度を取る夫にも笑顔を向けてくれた。

そんなひどい目に遭わせていた張本人が、どの面下げて「嬉しい」などとほざいているのか。自分がハリエットだったら、とりあえず往復ビンタくらいはしているだろう。当然だ。

「アーヴィング……」

　ハリエットの困ったような声がして、腕にするりとほっそりとした腕が巻き付いた。妻から触れてくれるのはいつだって嬉しい。胸が高鳴る音を聞きながら、そっと彼女の方を見ると、チョコレート色をした大きな瞳がこちらを見上げていた。

「私も、嬉しかったんですよ。あなたに気にかけてもらえて」

「ハリエット……」

　ギュンッと心臓が音を立てる。私の妻可愛すぎやしないか？

「契約結婚だったくせに……アーヴィングが優しいから、ダメなのにって思いながらも、まんまと好きになってしまいました」

「えっ」

　私も好きです！

「もしかして、それを狙っていました？」

　揶揄《からか》うように言われて、アーヴィングは目を瞬いた。だがすぐに苦笑が込み上げる。

（……本当に、君は優しいな）

　ハリエットは夫が『契約結婚』をさせた過去を悔やんでいることを知っている。今もアーヴィングがその悔恨の念にかられていると気づいて、こうしてわざと揶揄ってみせているのだ。その優しさに乗ってしまうのも悪くない。だがアーヴィングはそうせずに、妻の目をまっすぐに見つめた。

「……そういうことにしておきたいところですが、違います。時間を戻せるなら、私は君を今度こそ、全力で愛したいから」

心からの言葉だったのに、ハリエットはなぜか顔を真っ赤にして俯《うつむ》いてしまった。

「……っ、アーヴィングって……！　ほんと、そういうところですからね！」

「どういう意味です？」

「もう！　行きますよ！」

言われている意味が分からず首を捻っていると、ハリエットにぐいぐいと腕を引かれて慌てて付いて行く。なんだかよく分からないが、妻は照れた顔をしていて、その様子が非常に愛らしいので良しとしよう。

最上階の甲板へ出る階段を上がると、潮風が頬を打った。ムッとするような潮の香りと、この船から出る石炭の独特の匂いに鼻に皺《しわ》が寄る。嗅ぎ慣れない匂いだ。

「わぁ、結構風が強いですね！」

ハリエットが片手で帽子を押さえながら目を丸くする。

「日焼けをしないようにつばの大きな帽子を選んだのですけれど、失敗だったかしら……」

「私が持っておきましょうか？」

手を差し出して言ったが、ハリエットは少し考えた後、「いいえ」と首を横に振った。

「それだと日焼けしてしまいますから……。海の日差しはとても強いから帽子か日傘を忘れないようにって、メイド長に言われたのです」

「ああ、君は肌が弱いですからね……」

「そうなんです……」

妊娠中に温室で長い時間を過ごした時、ハリエットの肌が火傷のように真っ赤になってしまったことがあった。医者の話では、世の中には太陽の光に弱い体質の人が一定数いるらしく、ハリエットはそれに該当するそうだ。

「じゃあ帽子をちゃんと押さえておいてくださいね」

「はい」

ハリエットの返事と同時に、アーヴィングの肩に乗っていたクロちゃんも「キュッ」と鳴いた。それが可愛くて、二人でまた顔を見合わせて笑ってしまう。

「わあ！　すごい！　広いですね！」

甲板に降り立つと、目の前に青い海と空が広がった。

船の上とは思えないほどの広さがある。船体側には乗客が景色を眺めたり日光浴ができるようにソファが並べられていて、海側には救命ボートがひっくり返された状態で並んでいた。それらを物珍しそうに眺めるハリエットが、ふと顔を上げて何かを指差す。

「見てください！　あれ、望遠鏡ですよね？」

彼女の指の方向を見ると、さらに階段を上がった高い場所に、確かに望遠鏡のようなものが見えた。

「そうかもしれませんね。見に行きますか？」

「行ってみたいです！」

顔を輝かせる妻が可愛くて、アーヴィングの顔の筋肉は緩みっぱなしだ。

「じゃあ行きましょう」

そう言って彼女の手を引いた時、ゾッと何かが背筋を駆け下りるのを感じた。

「――っ！」

咄嗟にアーヴィングはハリエットを抱き寄せて背中に庇い、ザッと辺りを見回して確認する。

(なんだ？　今、何か妙な視線が……)

それは第六感というしかない感覚だ。根拠のない説明できない勘のようなもの。

だがこれまで、アーヴィングはこれに助けられてきた。

ＣＣＡＨＵの任務は危険を伴うものもある。なにしろ相手は犯罪組織である。ならず者の集団とはいえ、証拠もなく手当たり次第に捕縛するわけにはいかない。確固たる証拠を得るために、一歩間違えば殺されるかもしれないような状況に挑んだことも一度や二度ではない。それはCCAHUが発足する前、アーヴィングが失踪した兄の捜索を独自に行っていた際にもやっていたことだ。

実はそれなりに死地を経験しているアーヴィングが、これまで大きな怪我をすることもなく生き残ってこられたのは、自分のこの勘を信用してきたからなのだ。

(悪意のある視線を、向けられていたような……。だが、誰だ？　どこから見ている……？)

周囲を見回すが、乗船客や乗組員の姿ばかりだ。

「ア、アーヴィング……？」

突然何かに構える体勢を取った夫に、ハリエットが戸惑った声で言った。

不安そうなその表情に、アーヴィングはハッとなった。

(……何をしているのだ、私は！　今は休暇中！　仕事ではない！)

ハリエットと思う存分イチャコラしまくる最高の旅行の最中だというのに、仕事中のように殺気立って妻を不安がらせるなんて、話にならない。

(……そうだ。任務に就いている時でもあるまいし、そうそう危険が転がっているはずもない。せっかくの夫婦水入らずの旅行だというのに、神経を尖らせてばかりいてどうする。過敏になりすぎているのだ……！)

先ほど感じた視線も、きっとクロちゃんを連れているせいだろう。この変わった見た目のせいで「悪魔だ！」と騒ぎ立てられたこともあるのだ。全く失礼な話だ。

(頭の中をちゃんと切り替えなくては。今は休暇中なのだ。仕事のことは忘れろ)

　仕事漬けの毎日だったせいで、下手をするとすぐに仕事モードに入ってしまう。

　これはいけない、とアーヴィングはコホンと咳払いし、怪訝な眼差しを向けてくる妻にニコリと笑ってみせた。

「すみません。蜂《はち》がいたのです。もう逃げていったので、大丈夫でしょう」

　自分で言いながら、蚊やら蜂やら、今日は虫祭りだなと思う。

「え、蜂ですか？　全然気づきませんでした！」

　ハリエットは慌てたようにキョロキョロと周りを見ていたが、嘘なのだから気づかなくて当然だ。嘘をついてすまない、と心の中で謝って、アーヴィングはハリエットに手を差し出した。

「さあ、ハリエット、望遠鏡の所へ行きましょう」

「あ、そうですね。行きましょう！」

(しっかりしなければ。これは彼女を楽しませるための旅なのに……)

　長年音信不通だった実の母親に会うという不安を、少しでも和らげなくてはならないのに、不安要素を追加していたのでは話にならない。

(この旅の間は、ハリエットを楽しませることを最優先するんだ)

改めて肝に銘じながら望遠鏡のある場所まで歩いていると、「パパ！」という可愛らしい声と共に、ドンッと小さな衝撃が脚に加わった。

「――？」

驚いて下を見れば、小さな男の子がアーヴィングの脚にしがみついている。

ジョーダンより一、二歳上だろうか、と思って見下ろしていると、その子がパッと顔を上げた。そしてアーヴィングと目が合った瞬間、ギョッとした表情になり、みるみる顔を歪めて大声で泣き出してしまう。

「きゃーっ！　パパ……パパ、ちがぅ……！」

（それはそうだろうな。私は君のパパではない）

心の中でツッコミを入れながらも、アーヴィングは黙ったまま体を硬直させていた。

見知らぬ子どもにまで、顔を見ただけで泣き出されてしまったのだ。

ショックを受けないわけがない。

（私はそんなに怖い顔をしているのだろうか……？）

見ただけで怯えられるなんて、まるで悪魔が怪物のようではないか。

だとすれば、我が子が怯えるのもやはり無理はない。無理はないが、悲しいことこの上ない。このままずっと我が子に怯えられ泣かれる運命にあるのだろうかと、半ば絶望しかけていると、ハリエットが「あらあら」と言いながら男の子の頭を撫でた。

「お父様と間違えて、違う人だったからびっくりしちゃったのね。ふふ、大丈夫、泣かなくてもいいのよ。こんにちは、ボク、お名前は？」

男の子はよほどパニックを起こしていたのか、アーヴィングの脚にしがみついたまま泣いていたのだが、ハリエットの優しい声に彼女に縋るように抱きついた。

「パパ……パパ……！」

「あらまあ、ふふ。私もパパじゃないのよ。一緒にパパを探してあげるから、お名前を教えてくれるかな？」

錯乱している男の子に、ハリエットはなおも穏やかに声をかけ続ける。

するとようやく落ち着きを取り戻したのか、男の子は泣き止んでハリエットとアーヴィングの顔を交互に見た。だがアーヴィングと目が合うと、ギョッとした顔になってパッと目を逸らしてしまう。

その怯えた表情にアーヴィングもまたギョッとなって身を強張らせたが、ハリエットにキュッと手を握られてそちらを見た。

「アーヴィング、笑ってください」

囁き声で言われて、ハッとなる。

（……そうか、私はまた緊張していたのか）

以前兄に言われた言葉が頭の中に蘇った。

『君、ジョーダンに接する時、とても緊張しているんだよ。子どもは相手の雰囲気を敏感に察するからね。そんなふうに身構えられたら、近寄るのは怖いだろう』

　確かにその通りだ。

　アーヴィングはゴクリと唾を呑むと、強張った顔の筋肉から力を抜いて、微笑みを浮かべてみる。しかし無理やり作った微笑みは、あまり上手にはできなかったらしい。

ニィ、と口の端を吊り上げたアーヴィングの顔を見て、男の子がまたギョッとした顔になって目に涙を浮かべ始める。

「パパァ！」

　悲鳴のような声で自分の父親を呼ぶ男の子に、アーヴィングも泣きたくなった。だがハリエットは落ち着いたもので、クスクス笑いながら小さな背中を撫でてやっている。

「あら、このおじさんもパパなのよ～？」

「パパ、ちがぅ！」

「ふふふふっ、その通り。あなたのパパじゃないけど、私たちの可愛いジョーダンのパパなのよ」

　すると男の子はハリエットの話に興味をそそられたらしい。泣き叫ぶのをやめて、小首を傾げた。

「……ジョーダン？」

「ジョーダンは、私たちの可愛い可愛い息子。だから、私とこのおじさんも、ママとパパなの」

ハリエットが説明すると、男の子は疑わしそうな目でアーヴィングを見てくる。

(そ、そんなに疑うことはないだろう……)

少々情けない気持ちになりつつも、アーヴィングは懐から懐中時計を出してその蓋を開け、男の子に差し出した。これはジョーダンが生まれた時に作らせたもので、蓋の部分に『我が最愛なる息子・ジョーダン・サミュエル・ヴィンター誕生を祝して』と彫られているのだ。

これを見れば、ジョーダンが自分の息子だと分かるだろうと思ったけれど、男の子は懐中時計を見てもキョトンとしている。

するとハリエットが苦笑しながら懐中時計を受け取り、文字を指差して男の子に見せた。

「ここに文字があるでしょう？　『愛する息子・ジョーダン』って書いてあるのよ」

(あ……そうか、まだ文字が読めないのか……！)

文字が読めない子どもに見せても分からないに決まっている。

自分の思慮の足りなさを恥ずかしく思ったが、男の子はハリエットに説明してもらって納得したようだった。

「じゃあ、おばちゃんと、おじちゃんは、ジョーダンの、ママとパパ？」

「そうよ。ジョーダンは今ここにはいないけれど、おじちゃんもおばちゃんも、あなたのお父さんとお母さんとおんなじ、パパとママ。だから、怖がらなくてもいいのよ」

筋が通っているようで通っていない理屈だが、子どもには十分な理由となったのだろう。

男の子はこくりと頷くと、アーヴィングを見上げた。

その瞳にはもう涙はなく、怯えたような色も消えている。

「おじちゃん、ジョーダンの、パパ」

子どもにまっすぐな眼差しを向けられて一瞬怯みそうになったが、アーヴィングは落ち着いてそれを受け止め、ゆっくりと首肯した。

「……ああ、そうだよ。私は、ジョーダンのパパだ」

目の前の男の子に言いながらも、心の中で愛息の顔を思い出していた。

(ジョーダンの眼差しを、私はこうやって受け止めてやっていただろうか……?)

思えばいつも狼狽えてばかりで、ジョーダンの眼差しもその言葉も……息子の意思表示をちゃんと受け止めきれていなかったのかもしれない。

アーヴィングの言葉に、男の子がニコッと顔を綻《ほころ》ばせた。

「セディのパパと、おんなじ！」

「……君はセディという名前なんだな」

アーヴィングがそう言った時、背後から「セディ！」と呼ぶ声が聞こえた。

その声に、男の子がパッと顔を輝かせて走り出した。

「あっ！　パパ！　パパぁ！」

男の子が転がるように駆け出していく先に、紺色のスーツを着た男性がいるのが見える。

どうやら男の子を探していたようで、駆け寄ってくる息子を焦った様子で掻き抱いていた。

「ああ、良かった！　探したんだぞ！　どこに行ったのかと思ったよ！」

「あのね、パパ。ジョーダンの、パパと、ママが、いたよ」

「ジョーダン？」

支離滅裂な子どもの話に男性は首を捻っていたが、アーヴィングとハリエットの姿に気づくと、子どもを抱いたまま歩み寄ってきた。

「どうも、もしやうちの息子がご迷惑をおかけしたのでは……？　だとしたら申し訳ございません……！」

謝る男性に、アーヴィングは首を横に振る。

「いや、お気になさらず。私たちは特に何も」

「坊ちゃんと少しお話ししていただけですわ。セディ、パパが見つかって良かったわね」

ハリエットが手を振ると、男の子は「バイバイ」と手を振り返す。そのやり取りに大方の状況を把握したのか、男性は何度も礼を言いながら、子どもを抱いて去っていった。

「ふふ。ジョーダンより少し大きかったですね。三歳くらいかしら」

「……そうですね。三歳になると、あんなに上手に喋れるようになるのだと思うと、子どもの成長はあっという間ですね……」

父親に抱かれるセディを見送りながら、やはり思うのはジョーダンのことだ。

今どうしているだろうか。大好きなナット伯父さんと一緒だからご機嫌なのだろうけれど、ハリエットがいないからやはり寂しがっているのではないか。泣いていないといいが。

(顔が……見たいな)

ジョーダンは嫌いな父親の顔など見たくないだろうが……。

自分で思って自分で落ち込んでしまうのだからタチが悪い。しょんぼりとしていると、ハリエットが嬉しそうにこちらを見上げた。

「あの子、最後の方は怖がっていませんでしたね！」

「……え？」

何を言われているのか分からず目を丸くしていると、ハリエットはニコニコと満面に笑みを浮かべる。

「いつものあなたのままでいいんですよ。そしたら、あの子も怖がらなかったでしょう？」

「いつもの私のままで……」

言われたことを反芻《はんすう》しながら、落ち込んでいた気持ちが浮上していくのを感じた。

(そうか。緊張しないということは、いつもの自分でいるということだ。……つまり、ジョーダンはいつもの私を嫌っているわけではない、ということか……！）

それならば希望が持てる、と喜ぼうとした時、急に突風が吹いてハリエットの帽子をふわりと浮かせた。

「あっ！」

ハリエットの声と同時に、アーヴィングは帽子に向かって手を伸ばしたが、風の方が早かった。帽子は指先を離れ、ビュウッという風音と共に高く舞い上がる。

「しまった……！」

「ああ～！」

夫婦揃って間抜けな声を出して帽子の軌跡を目で追っていると、白い帽子はアーヴィング達の後方で伸ばされた手にハシッと捕まえられた。

手袋を嵌めた手は男のもので、その下へと視線を下ろすと、そこには日に焼けた浅黒い肌の一人の男が立っていた。

中肉中背、茶に近い金髪に榛色の目、あまり特徴のない容貌の中、やたら仕立ての良いスーツが変に目立っている。

「わぁ、良かった！　取ってくださってありがとうございます！」

ハリエットがホッとしたように言って男に駆け寄ろうとするのを、アーヴィングは片手で制した。大切な妻を、見知らぬ男に接触させるわけにはいかない。

「アーヴィング？」

「私が行きます」

不思議そうにするハリエットに微笑むと、肩に乗っているクロちゃんを彼女に手渡し、アーヴィングは男に歩み寄る。

男は帽子を片手に持ったまま、ハリエットの方を凝視していた。

（……なんだ？）

知らない男に妻を凝視される不快感に顔を顰めつつ、アーヴィングは男に礼を言った。

「妻の帽子を取ってくれて感謝する」

儀礼的な笑みを浮かべて手を差し出したのに、男は一向に帽子を返す気配がない。

それどころか、まだハリエットの方をボーッと見つめたままで固まっていた。

「失礼。妻の帽子を返してもらえないだろうか」

アーヴィングが大きめの声を出すと、男はハッとしたようにアーヴィングを見て、それから帽子を見る。

「あっ、これ！　ええ、もちろん！」

「……どうもありがとう」

アーヴィングは軽く会釈をしてその場を離れようとした。

この男はどうも気に食わない。ハリエットの帽子を取ってくれたことには感謝しているが、人の妻をじっと見つめるなど、不躾極まりない。その目、抉《えぐ》り出してやろうか。

ところが苛立ちを押し隠して踵《きびす》を返した背後から、男が大きな声を出した。

「あの、間違っていたらすみません！　あなたは、ハリエットでは？　ほら、デュバル男爵のところの！」

デュバル男爵の名前に、ハリエットがサッと顔を強張らせるのを見て、アーヴィングは彼女を背中に隠すようにして男を振り返って睨み下ろした。

デュバル男爵はハリエットの実父だ。素行が良かったとはお世辞にも言えない男だったので、それに恨みを持つ人間が現れてもおかしくない。

「貴様は何者だ」

低くドスの利いた声が出た。妻や息子に聞かせられない類の声だが、今は仕方ない。

男の方も、アーヴィングの迫力に気圧されたのだろう。焦ったようにこちらを見て、卑屈な笑みを浮かべた。

「あっ、た、大変失礼いたしました！　俺は別に怪しい者ではなくて！　そ、その、奥様が、昔の知り合いによく似ておられたので、つい要らぬことを……」

男が喋っている間も、アーヴィングはずっと警戒を緩めなかった。

ハリエットを背に隠したまま壁のように立ちはだかっていると、男は諦めたのか、ガクッと肩を下げる。

「……ええと……、では……」

ぺこぺこと頭を下げながら立ち去ろうとする男に、背後に隠していたハリエットが慌てたように声を上げた。

「待ってください！」

「ハリエット!?」

アーヴィングは驚いて彼女の方を振り返ったが、目に飛び込んできた光景にうっかり緊張が解けてしまう。自分の背中からひょっこりと顔を出すハリエット、そしてその肩からピョコリと顔を出すクロちゃん、可愛いの相乗効果である。

（いや、そんなことを言っている場合か！）

折角不審者を追いやったところだったのに、と思ったが、実父の名前を出されて気になって、声をかけずにはいられなかったのだろう。

彼女の好きにさせることにしたアーヴィングは、制止の声を呑み込んで見守った。

「私はハリエット・マリア・デュバルです。今はもうヴィンターですが……。あなたは私をご存知なのですか？」

ハリエットの台詞に、男はパッと喜色を示す。

「ああ！　やっぱりそうだ！　ハリエットだ！　そうだと思ったよ、昔のまんま、変わらないから！」

「え……？　ええと……？」

嬉しそうな男とは裏腹に、ハリエットはまだ相手が誰だか分からないようで、戸惑った表情で言葉を濁した。

すると男は「ワハハ！」と軽快な笑い声を上げて自分の右目の横に人差し指を向ける。

「分かんないよな、俺、ずいぶん変わったから。俺だよ、俺！　ノーマン・モロー！　木から落ちたお前を助けてやったことがあったろう？」

ノーマンと名乗った男が指す場所には、皮膚が引き攣れたような跡があり、昔何かの怪我を負ったことが窺えた。

ハリエットはその傷を見た瞬間、ハッとした表情になって手で口を押さえる。

「……嘘。ノーマン？　あなた、ノーマンなの!?」

「そうだよ！　良かった、覚えててくれたか〜！」

ハリエットの反応からして、どうやら昔の知り合いだったようだ。

それならば、とアーヴィングは渋々ではあったが、少し身体をずらして壁の役割を解いた。このノーマンとやらに最愛の妻の姿を見せてやるのは癪《しゃく》に障《さわ》るが、知り合いならば警戒し続けるのはマナー違反だろう。

ハリエットは夫の気遣いに気づいたのか、チラリとこちらを見て安心させるように笑みを浮かべた。

「アーヴィング、ええと、彼はノーマン・モローと言って、ナサニエル神父様の子ども教室に通っていた仲間なんです」

「……ああ、なるほど……」

その一言で腑《ふ》に落ちる。身分を問わず開放されていた『子ども教室』には、街の多くの子どもたちが参加していたと聞いている。その内の一人なのだろう。

「ノーマン、私の夫の……ええと、ヴィンター侯爵よ」

「アーヴィング・ロシエル・ヴィンターだ」

結婚して三年経つというのに、まだ辿々しさの残る紹介の仕方が可愛らしい。思わずにやけそうになるのを奥歯を嚙んで堪え、アーヴィングはノーマンに手を出した。

だがノーマンはその手を取らず、呆然とハリエットとアーヴィングの顔を交互に見つめていた。

「えっ、侯爵、様……？　ハリエット、君、侯爵夫人になったってことかい？　そんなまさか！　嘘をつくなって……そんな、面白くないぞ、そんな冗談……」

やたらに懐疑的な言葉を繰り返されて、アーヴィングはピクリと眉を吊り上げる。

「彼女の夫が私では何かおかしいことでも？」

静かな声色に怒りを滲ませて訊ねると、ノーマンは自分の失言にようやく気づいたようで、両手を前に出してブンブンと振って否定した。

「いやっ、とんでもありません！　そんな！　た、ただ、あのお転婆ハリエットが、侯爵夫人になっているなんて、驚いてしまって！」

（……この野郎……）

アーヴィングは心の中で唸った。

怯えた態度を取ってみせるくせに、アーヴィングの知らないハリエットの話題を持ち出してくるなんて、どうにも癪に障る男だ。

ハリエットがいなければ、その小癪な頭を掴んで海に放り投げてやっているところだ。

愛してやまない可憐な妻は、夫から不穏な気配が漏れ出していることに気づいていないらしく、懐かしい旧友にすっかり気を許していて、ニコニコとしながらノーマンに相槌を打っている。

「あなただって立派になって、言われなくちゃ誰だか分からなかったわ！　今何をしているの？」

「ああ、ほら、うちはクレドの街に引っ越しただろう？　あそこで親父が小さい織物工場を始めて、それが結構上手くいってさ。クレドじゃそこそこ有名な会社になったんだよ。でも親父もそろそろいい歳だし、俺が引き継いだところなんだ」

「まあ！　じゃあ、あなたが今、社長さんなの？」

「あはは、まあ、一応ね。二代目ってことだ。まだまだ親父には敵わないけどさ」

「そんなことないわよ。ねえ、おじさんとおばさんはお元気？」

「ああ。元気すぎるくらいだよ」

親しげな二人の会話を、アーヴィングは黙って聞いていた。

疎外感や悋気《りんき》から無口になったわけではなく、目の前の男を観察していたからだ。

（この男……妙な感じだ）

妻に近づく男への警戒心なのか、それともアーヴィングの第六感なのか。

ノーマンを見ていると妙にざわざわと胸騒ぎがする。

ハリエットと知り合いであるのは間違いないようだし、懐かしさゆえの親しげな振る舞いにも納得できる。

（だがなんというか……スムーズすぎる）

なんの問題もないという点が問題だと言えばいいだろうか。

一連の流れが、まるであらかじめ計画されたもののように感じられてしまうのは、穿ち過ぎだろうか。

（……職業病だ。切り替えろ）

アーヴィングは眉間を摘むようにして揉んだ。また悪い癖が出るところだった。

この旅の間は、ハリエットを楽しませることだけを考えようと、今しがた自戒したばかりなのに。

アーヴィングはため息をつくと、愛妻の腕に触れてやんわりと促した。

「ハリエット、そろそろ……」

「ああ、そうね、ごめんなさい」

お喋りに夢中だったハリエットは、アーヴィングの方を見て「しまった」と言わんばかりに自分の口元を押さえている。きっと「侯爵夫人らしからぬ行動だった」などと思っているのだろう。彼女は自分が平民育ちであることを引け目に感じるきらいがある。

（ばかだな。そんなこと気にしなくていいんだ。君は君らしくあればいい）

そう思いながら微笑みかけると、それだけで彼女には伝わって、ホッとしたような笑みを返された。

「行こうか。……では、ミスター・モロー。妻の帽子を取ってくれてありがとう」

エスコートの体勢を取ってちらりとノーマンの方へ視線を投げると、ノーマンはぺこりと頭を下げた。

「とんでもない。こちらこそ、貴重なお時間をとらせてしまって申し訳ありません！」

「それでは」

そっけなく言い置いてその場を離れると、ハリエットは何か勘づくものがあったのか、もの言いたげな眼差しを向けてくる。

「……あの、怒っています？」

「怒っていませんよ」

微笑みを崩さずに言ったが、ハリエットはじっとこちらを見つめたままだ。

どうやら誤魔化されてはくれないらしい。

仕方なく、アーヴィングはゴホンと咳払いをしてからボソボソとした声で白状する。

「……少しだけ、妬いているかもしれませんが……」

言ってしまってから猛烈に恥ずかしくなった。いい年をした男が何を言っているんだ、我ながら。自分にため息をつきたくなっていると、ハリエットの微かな笑い声が聞こえた。見れば、彼女は口を手で覆っていた。だが目元がニヤニヤしているので、笑っているのが隠せていない。

「……何を笑っているんですか、ハリエット」

「ふ、わ、笑ってなど……」

否定する傍から肩を震わせている。どこが笑っていないと言うのか。

「笑っているでしょう」

「ふ、ふふ……だって、アーヴィングが……ヤキモチを、焼くなんて……ふふふ、かわいい……!」

「か、かわっ……!?」

まさかそんなことを言われるとは思ってもみなかったアーヴィングは、思わず目を剝いてしまった。三十路の大男に対して使う形容詞ではないし、なんとなく情けない気持ちになるのであまり嬉しくない……はずなのに、にこにこと笑う妻の顔を見ていたら、「あれ、これ誉め言葉なのでは？　う、嬉しいかもしれない……」などと思い始めるのだから、愛とは恐ろしい。ハリエットの肩に乗っているクロちゃんが、丸い目でこちらを見て「キュッ」と鳴いた。「チョロいな、ご主人」とでも言われているのかもしれない。

一頻《ひとしき》り身体を震わせた後、ハリエットはようやく笑いを収めた。

「すみません。でも、あなたがヤキモチを焼いてくれたなんて、なんだか嬉しくて……」

「……私だって、嫉妬くらいします」

「ふふ、そんな心配要らないって、分かっているくせに」

ハリエットは言いながら、コテンと頭をアーヴィングの肩に預けてくる。

そんな可愛いことをされたら、忍耐力を総動員させなくてはならないからやめてくれ。

このまま妻をかき抱いて部屋に戻りたい衝動に駆られたが、グッと歯を食いしばって欲望に抗った。

(違うこと、違うことを考えるんだ。面白くないことがいい)

何と違うことかは推して知るべし。

「えー……あの男は……、本当に君の知り合いだったのですか？」

『面白くないこと』ですぐに頭の中に浮かんだのは、先ほどのノーマンだ。

流れ的にも不自然ではなく、ハリエットはすんなりと話に乗ってくれた。

「ノーマンですか？　ええ。でも彼は教室に通い始めて一年も経たないくらいで、別の街に引っ越してしまったので、それ以来会ったことはなかったんですけど……」

確かそんなようなことを言っていたなと思い出しながら、アーヴィングは頷く。

「それなのに、よく彼だと分かりましたね」

そう言うと、ハリエットはふふっと笑って目の脇を指差した。

「目印がありましたから」

「目印？」

「ええ。ノーマンには、木登り競争の時に助けてもらったことがあるんですけど」

「木登り……」

アーヴィングは思わず鸚鵡《おうむ》返しをしてしまう。

自分とは縁のない遊びだった。自分の子ども時代は、兄と二人、静かに本を読んでばかりで、木登りなんて活発な遊びをしたことがなかった。

（……思えば私たち兄弟はずいぶんと大人しい子どもだったのだな）

アーヴィングは苦笑を零した。ジョーダンがワンパクなのは、きっとハリエットに似ているのだろう。

「教会の敷地内に大きな楡《にれ》の木があるんですが、そこに一番早く登る競争をしていたんです。そしたら私、足を滑らせて……」

「なんて危ない……！」

幼いハリエットが木から落ちるところを想像して、アーヴィングは思わず声を上げてしまう。するとハリエットはクスクスと笑った。

「そう。危なかったんです。でもノーマンが受け止めてくれようとして……。大きな怪我はしなかったんですけど……。私もノーマンも同じような体格だったから、受け止めきれなくて……」

「ああ……」

アーヴィングは眉を寄せる。後は説明されなくとも分かる。子ども二人が衝突して怪我をしてしまったのだろう。もう済んだ過去のことと分かっていても心配になってしまい、立ち止まってハリエットの顔を覗き込んだ。

「本当に怪我はなかったのですか？」

「ええ、幸いにして、私はすり傷程度で済みました。でもノーマンは……折れた枝で右目の脇を突いてしまったんです」

「あ……では、さっき彼が指していたのは……」

出会った時、ノーマンがそこにある傷跡のようなものをハリエットに見せていたのだ。

「ええ。その時の傷跡です。あれを見たから、彼だって分かったんですよ。じゃないと、言われても信じられなかったでしょうね。すっかり変わっているんですもの！」

「……男はいきなり大きくなりますからね。私も十四、五歳まではずっと小さかったのです。同年代の女の子よりも背が低かったくらいですよ」

その頃のことを思い出し、アーヴィングは苦笑いをしながら言った。

「えっ？　そうなんですか？」

「ええ。男の恰好をしているのにしょっちゅう女の子に間違われてしまったり……」

「うわぁ……きっとすごく可愛かったんでしょうね……」

背が低かったのがコンプレックスだった、と言おうとしたのに、ハリエットがうっとりとため息をついてこちらを見つめてきたので、アーヴィングは戸惑ってしまう。

「う、うん……？　可愛かったかどうかは分かりませんが……」

「可愛かったに決まっています！　そうだ！　子どもの頃の肖像画はないのですか？」

「肖像画か……ないこともないのですが……」

思わず言葉を濁したのは、それが両親も一緒に描かれた家族の肖像画であるからだ。

絵とはいえ、母親の顔を見たくなかったので、執事に命じて外させていたのだ。多分捨てはしないだろうから、屋根裏かどこかにしまってあるはずだ。

アーヴィングの様子から何かを察したらしいハリエットが、ハッとしたように手を口元にやった。

「あ、あの、別に無理にとは言いませんので……」

こちらを気遣う妻の表情に、アーヴィングは自分を恥じながら目を閉じる。

眼裏に浮かぶのは、幼い頃に見た悪魔のような形相の母の顔だ。馬用の鞭で皮膚が裂けるほど殴打する時、あの悪魔はいつだって笑っていて、その目には狂気が爛々《らんらん》と輝いていた。母は子どもを自分の支配下に置くことで、自分を肯定していたのだ。

（私はいつまであの目に怯えるつもりだ）

幼い自分を打擲することで支配してきた母はもういない。

母は己の欲求と現実が重ならない事実を受け入れられず、奇行を繰り返すことで自己を崩壊させ、今は王都の精神病院に入院している。見舞いに行ったことは一度もないが、執事の報告では、赤子に戻ったかのような状態らしい。自分で用を足すこともできず、食べさせてもらわなければ食事もできないそうだ。

それに対して憐憫《れんびん》は一切覚えなかった。あったのは安堵だけだ。もう二度と、あの悪魔に人生を支配されることはないのだと。

（……私は、私の人生を取り戻した）

兄を取り戻し、最愛の女性を取り戻した。そして最愛の息子を得た。

完璧なはずだった。

（――それなのに……）

愛しい息子のチョコレート色の瞳に、自分の姿が映っているのを見た時、恐ろしくなった。そこには、あの悪魔とよく似た顔の自分がいた。

(私の中にも、あれと同じ悪魔がいるのではないか)

子どもを己の支配下に置くことで自己肯定して微笑む、恐ろしく邪悪で醜悪な悪魔が。

自分と母は違う。そう思っているのに、不安は自分の奥底からどんどんと溶け出すように滲み出してきた。

——本当に？　本当に、自分はあの悪魔のようにはならないと、お前は自分を信じているのか？　あの悪魔と同じ血が流れているのに？

(そうだ。私は違う。あの悪魔と同じにはならない！)

いくら振り払っても、不安は消えなかった。当たり前だ。不安がこんなにも溢れ出てくるのが、自分を信じ切れていない証拠なのだから。

(このままではいけない……！)

それを痛感しているのは、誰よりもアーヴィング自身だ。

自分がかつての母親のように、ジョーダンを害してしまうのではないか。そう思うと恐ろしくて、息子をこの腕に抱けなくなった。

(肖像画ごときに怯えている場合ではない。私は、対峙しなければ。……己の中の不安と)

アーヴィングは瞼を開いた。

「いや……そうですね。帰ったら、執事に出してもらいましょう」

肖像画など静物に過ぎない。それをいつまでも遠ざけているのは、まるで母親を憎むことに固執しているかのようだ。

(私も、兄も……そしてハリエットも、過去を乗り越えて、今こうしているのだから)

乗り越えなくてはならない。ジョーダンをこの腕に抱くために。

アーヴィングが微笑むと、ハリエットは少し不安そうに首を傾げた。

「いいのですか……？」

「もちろん。ジョーダンと同じくらいの年齢のものもあったはずです。比べてみるのも悪くないでしょう」

アーヴィングの提案に、ハリエットがパッと顔を輝かせる。

「……嬉しいです！　それは、本当に、本当に楽しみです！」

心からだと分かる笑みに、アーヴィングも頬が緩んだ。

「君の小さい頃のものも見てみたいのですが……」

ジョーダンはハリエットにそっくりだ。だから自分と比較するより、彼女の小さい時と比較した方がいいのでは、と思ったのだが、ハリエットはそれを聞いた瞬間しょんぼりと眉を下げる。

「……すみません。私の肖像画は、ないです。そんな余裕がなかったですから……」

妻のテンションが急降下してしまい、アーヴィングは心の中で自分を罵倒した。

(この愚か者！　少し考えれば、あのろくでなしの義父が子どもの肖像画のために金を使うわけがないと分かるだろう！)

まだ幼い娘が稼いできたなけなしの小銭すら奪って、酒と賭博につぎ込んでしまうような人間だったのだ。それを知っていたくせに、愚問を投げかけた自分はもっと愚か者だが。

「君が謝ることなど何もありません。……ですが、そうですね。ないなら、これから描けばいいかもしれません。肖像画だけじゃなく、写真を撮るのもいいですね。最近では、色のついたものも出てきているらしいから……」

大切なのは、過去ではなく、今と、未来だ。

そんな思いを込めて言えば、ハリエットはくしゃりと相好を崩した。

「……はい。そうですね。いっぱい、描いてもらいましょう。写真も、いっぱい撮ってもらいましょう。ジョーダンが大きくなってから、昔を楽しく振り返れるように……」

「ええ。帰ったら、早速手配させましょう」

「ええ」

二人は微笑み合うと、互いに寄り添うように身を寄せ、再び歩き出した。

＊＊＊

（……良かった。アーヴィング、ちゃんとジョーダンのことを想ってくれているんだわ……）

ハリエットは隣を歩く夫の美しい横顔を盗み見ながら、心の中で胸を撫で下ろしていた。

小さい頃の肖像画の話を不用意に振ってしまった時には、しまったと臍《ほぞ》を噛んだ。

アーヴィングが母親を思い出すような物を目に入れたくないと思っているだろうことは、考えるまでもなく想像がつく。まして自分が虐待されていた子どもの頃の家族の肖像画など、見たいわけがない。デリカシーのないことを言ってしまったという反省と同時に胸中に湧いてきたのは、過去のことを思い起こさせたせいで、またジョーダンへの歩み寄りが遠のくのではないかという危惧だ。

（アーヴィングは、ジョゼフィーネ様への恐怖と嫌悪を募らせれば募らせるほど、自分自身を信用できなくなっていっているんだわ……）

ならばジョゼフィーネのことなど忘れてしまえばいい、と単純に思うが、そういう問題でもない。アーヴィングが母親から受けてきた虐待の傷は、心の奥底にまで達するほど根深かったのだ。

自分が憎み、嫌悪している者と同じ血が流れている。その事実は彼にとって、生まれた時に心臓に打ち込まれた楔のようなものだ。痛いし邪魔だし、抜いてしまいたいけれど、抜けば空いた穴から血が溢れ出して死んでしまう。死ぬまで逃れられない血の呪いだ。

楔とともに生きるしか選択肢はない。

それはハリエットも同じだ。ハリエットもまた、自分を虐待した父親と、自分を捨てた母親を憎んでいる。憎む者の血を引くことの苦しさから、ジョーダンをどうやって愛せばいいのか分からなくなることがある。

ジョーダンを愛している。だがその愛し方に、自信が持てないのだ。

（私はジョーダンを上手く叱ることができない……）

父親に怒鳴られたり殴られたりしてきた記憶から、ジョーダンをどうやって叱ればいいのか分からない。結局いつも口先だけ「ダメよ」と言うばかりで、それが伝わっているのか、ジョーダンには完全に舐められてしまっている。ナサニエルが叱る方が言うことを聞くのだから、困ったものだ。

だから、自分もアーヴィングと同じだ。

（私たちは、覚悟をするしかない……）

憎んでいる人間の子どもである自分を受け入れ、今度は親として、息子であるジョーダンを愛する覚悟を。

（肖像画を飾ると言ってくれたのは、一歩前進だわ……！）

その上自分たち家族の肖像画や写真を、とまで言ってくれた。

アーヴィング自身が、母親への憎悪を過去のものにしようと思っていなければ、出ない発言だ。

自分たちの明るい未来を予感して胸を弾ませていると、「ボォオオオオオ！」という大きな汽笛の音が鳴り響き、グオン、と床が大きく揺れた。

「きゃあっ！」

地震が起きたかのような揺れに、ハリエットは悲鳴を上げてアーヴィングの腕にしがみついた。

アーヴィングが咄嗟に抱き寄せてくれたので転ばずに済んだが、うっかりしていると倒れてしまいそうなほど大きな揺れに感じた。

「えっ、えっ……？　船ってこんなに揺れるものなんですか⁉」

驚きのあまり叫ぶようにして訊くと、アーヴィングはクスッと笑う。

「発進する時は、揺れが大きく感じるだけです。進み始めてしまえばさほど揺れませんよ。これは大きな船ですから」

「そ、そうですか……」

夫の説明に幾分安堵したものの、それでもやはり心配で腕にしがみついたままでいると、アーヴィングはカフェを指差した。

「慣れるまで歩くのはやめて、座ってお茶にでもしましょうか」

「は、はい……！」

優しい提案に、ハリエットは一も二もなく頷く。水の上を進んでいるせいか、床があるのになんだかフワフワしていて心許なかった。座った方が安心できるかもしれない。

この時はただ慣れていないだけだと思っていたが、カフェで甘いお菓子とお茶を楽しんでいると、なんだかどんどん気分が悪くなってきてしまった。

ついさっきまで元気そのもので、体調の悪い兆候などかけらもなかったから、自分でも不思議だった。

（……？）

目の前には、湯気の立つ芳しい紅茶と、アプリコットのタルトがある。サクサクのタルト生地の中に、しっとりとコクのあるアーモンドクリームとアマレット漬けのドライアプリコットがたっぷりと入っていて、表面にはツヤツヤのナパージュが塗られた、とても美しい焼き菓子である。

ハリエットは食べることが大好きだ。好き嫌いはなく、美味しい物はなんだって好物だ。特にお酒に漬けたドライフルーツのたっぷり入った焼き菓子には目がなくて、ヴィンター公爵家の料理長が焼いてくれたタルトをワンホール、一人で食べ切ってしまったことがあるくらいだ。

それなのに今、大好物の甘い焼き菓子を前にしてどうしてこうも食が進まないのだろう。いつもならこのくらいの大きさのケーキは、十秒ほどで平らげてしまうというのに。

（……でも、なんか、こう、胸が……ムカムカするというか……何かがつっかえているというか……）

なんとも名状しがたい感じに、眉間に皺が寄った。

訝《いぶか》しんでいたのはハリエットだけではなく、アーヴィングもだったようだ。いつもはお菓子を見れば喜色満面になる妻が、神妙な顔でお菓子を見下ろしていたのだから、様子がおかしいと気づいたのだろう。

「どうしました？　口に合わなかったのですか？」

訊ねられ、ハリエットは慌てて首を横に振った。タルトは一口食べていて、とても美味しかった。さすが豪華客船に入っているカフェだけあって、料理人の腕も食材も一級品なのだろう。

「い、いえ……とても美味しいです。美味しいのですが……あの、ちょっと、胸が詰まっているような……」

「胸が詰まる？」

要領を得ない説明に、アーヴィングが首を傾げる。確かに「胸が詰まる」では感激している時の表現だ。

（そうじゃない……何か、今の状況を伝える表現を……）

頭の中で考える間も、ムカムカとした胸の詰まりはひどくなっていく。それだけでなく、なんだか頭もグラグラと揺れているような感じがしてきた。

「……アーヴィング。……私……」

気持ち悪い。ムカムカとした胸の詰まりが強くなって分かった。これは吐き気だ。

ハリエットが口元を手で覆うと、アーヴィングはハッとした表情になる。

「ハリエット、君、もしかして船酔いをしているのでは？」

指摘されて、ハリエットもハッとなった。

なるほど、これが船酔いというものか。

自分は乗り物酔いをしない性質なのだと思っていた。馬車でも汽車でも酔ったことはないし、船にも乗った経験があったから大丈夫だと思い込んでいたのだ。だが考えてみれば、これまでハリエットは港に停泊している船にしか乗ったことがなかった。海の上を動いている船だと、酔ってしまう体質だったのだろう。

「うっ……！」

船酔いをしていると思った途端、気持ち悪さが増大し、ハリエットは呻き声を上げた。

アーヴィングがサッと席を立ってこちらへ来ると、「ちょっと触れるよ」と言い置いてから、ハリエットの身体をひょいと抱え上げた。

「ア、アーヴィ……」

「しっ、喋らなくていい。このまま部屋に戻るから君は楽にしていて」

艶やかな低い声で囁かれて、ハリエットは黙って目を閉じる。

公衆の面前で抱き上げられるのは少々恥ずかしかったが、今はそれどころではない。

（船酔いが、こんなに辛いものだったなんて……！）

アーヴィングが歩く度、頭の中がぐらぐらと揺れる。それに合わせて目の前の景色もぐらぐらと揺れ、まるで雲の上にでもいるかのように心許ない。

（――当たり前よ。だって、船の上だもの……）

分かってはいる。頭では分かっているのだが、どうにも身体がついていかない。

（ああ、何も食べなきゃ良かった……！）

先ほどのカフェでほんの一口食べたタルトが、胃の中で暴れ回っている。

気持ち悪さに冷や汗まで出てきた時、「ハリエット!?」という叫び声が聞こえた。

（…この声は……）

吐き気を必死に堪えつつ顔を上げれば、向かおうとした階段の上から、ノーマンが降りてくるところだった。

（ああ……なんてタイミングなの……）

ハリエットは心の中で嘆いた。

ノーマンは幼馴染とはいえ、もう何年も会っていなかった。先ほどは懐かしさから会話も続いたが、正直何を話していいのか分からない程度には相手のことが分からない。つまり会話するには頭も気も使わなければいけないというわけだ。

体調が最悪のこの状況でそんな人の相手をするのは、正直ごめん被《こうむ》りたい。

「ハリエット！　どうしたんだ!?　顔が真っ青じゃないか！」

ノーマンはハリエットが抱えられているのを見て驚いたのか、夫であるアーヴィングに挨拶をすることもなく駆け降りてきたかと思うと、いきなりハリエットの肩に触れようとした。

その瞬間、アーヴィングがザッと殺気立ったのが分かった。

あまりの迫力に、ノーマンが「ひっ」と小さく悲鳴をあげる。さもあらん。その殺気を向けられているわけではないハリエットの全身の肌までもが、ビリビリと粟立つほどだ。

「私の妻に触れるな」

低い命令は決して大声ではない。どちらかと言えば、静かな声でさえあった。だが明らかな威力があって、言われた瞬間ノーマンはビタリと動きを止めた。

そんな彼を轟然《ごうぜん》と見下ろすアーヴィングは、まるで魔王のような威圧感があった。その肩にのっているクロちゃんが「きゅ〜、キュッキュッ」と悲しげに鳴くものだから、余計に妙な迫力を醸し出してしまっている。

「妻の同郷のよしみで一度目は見逃したが、二度目はない。我が妻に気安く近づくな」

壮絶な迫力を醸し出すアーヴィングに、しかしノーマンも負けていなかった。

「あ、あんた、ハリエットに何をしたんだ!? 殴ったりしたんじゃないだろうな!」

そう食ってかかるのを聞いて、ハリエットは気持ち悪さに加えて頭痛まで覚える。

(どうしてそうなるのよ……!)

何をどう解釈したら、アーヴィングが暴力を振るうという話になるのか。

「ノーマン……」

ここはちゃんと否定しておくべきだ、と弱々しくも声を上げたハリエットだったが、夫が「しいっ」と優しくそれを制した。

「君は気にしなくていい。楽にしていて」

妻にそう囁いた後、アーヴィングは再びノーマンの方へ視線を向ける。

「私が最愛の妻に手をあげると? 愚にもつかぬことを。私の手が暴力を振るうとすれば、それはお前に対してだ」

「な……!?」

「爪の先、髪一筋にでも妻に触れてみろ。その手を切り落とし、魚の餌にしてくれる」

恐ろしい脅し文句に、ノーマンがギョッとしたように絶句する。

そしてノーマンが騒いだせいでいつの間にか集まっていた観衆もまた、驚いたようにザワザワとさざめき始めた。

（ああ……なんてこと……）

　ハリエットはもう一度心の中で嘆く。

　これではまたアーヴィングの良からぬ噂が広まってしまうだろう。結婚を避けるために自ら奇妙な発言を繰り返したことで、彼には『呪われた侯爵』などという不名誉な二つ名があった。花嫁を食い殺す、などというとんでもない噂まであったくらいだ。

　結婚し息子が生まれたことでそのひどい噂も消えかけてくれていたのに、これでまた妙な噂を立てられてしまうのではないだろうか。

　ハリエットは自分がどう罵《ののし》られようと構わないが、愛する夫が悪く言われるのは腹が立つ。アーヴィングは誰よりも優しく、誰よりも公正で、誰よりも他者を慮ることのできる人なのだ。それを知りもしないで悪口を言うなんて、本当に許し難い。

（この船には、たくさんの貴族が乗っているのだもの……）

　あちこちに目や耳があり、良からぬ噂ほどあっという間に社交界に出回ってしまうのだ。

　アーヴィングが悪口を言われるかもしれないと思うと、悲しさと苛立ちが込み上げてくる。自分を抱えたままスタスタと歩き出すアーヴィングに、ハリエットは小声で言った。

「……あそこまで言わなくても……」

　するとアーヴィングはチラリとこちらを見下ろして、すぐに目を逸らして唇を引き結ぶ。

「……君があの男に会いたいのなら、会いに行けばいい」

ボソリと吐き出された言葉に、ハリエットは臍を噛んだ。

（……しまった。ノーマンを庇っているように聞こえたんだわ）

庇いたいのはノーマンではなくアーヴィングだ。

だがそれを説明しようにも、強まる吐き気に口を開くこともままならなくなる。アーヴィングの歩みに合わせて、頭がぐらんぐらんと揺れた。大きくなった吐き気がぐっと喉の奥に差し迫り、ハリエットは慌ててアーヴィングの腕の中でもがいた。

「お、ろして……！」

「ハリエット!?」

このままでは吐いてしまう。強い嘔気に苛まれ冷や汗をかきながらも、アーヴィングに迷惑をかけたくなくて必死に手足を動かしていると、何かを察したのかアーヴィングがその場に下ろしてくれた。

ホッとした気の緩みで、吐き気が一気に膨れ上がる。

「うっ……！」

人目のある場所で吐くなどという恥ずかしい行為をしたくなかったけれど、もう止まらない。身を丸めるようにしてその場にしゃがみ込んだ時、大きな手が伸びてきてハリエットの口元に差し出された。

（……えっ……！）

それがアーヴィングの手だと分かったが時すでに遅し。ハリエットは迫り上がる胃の内容物を衝動のままに嘔吐した。

苦く酸っぱい味が口の中に広がった。

（ああ……！　なんてこと！　アーヴィングの手の中に……！）

胃酸が喉を焼く痛みと胃がひっくり返る苦しさに涙しながらも、ハリエットはそのことばかり気になって悲しくなる。愛する人の手の中に吐瀉物《としゃぶつ》を吐き出したい人間がいるわけがない。

だがアーヴィングはもう片方の手でハリエットの髪を後ろへと退けてくれながら、優しい声で言った。

「いい子だ。大丈夫、そのまま全部吐き出せばいい」

穏やかなその口調はいつも通りで、粗相をしたハリエットを咎めるような色は全くない。

だが変わらないその優しさに、自分の情けなさに余計に涙が出てきてしまう。

胃の中のものをようやく全て吐き出して、ハリエットはゴホゴホと咳き込みながらも、震える手で拭う物を探した。早くアーヴィングの手をきれいにしなくては。

「ご、ごめんなさい、ごめんなさい……。あなたの手を汚してしまったわ……」

オロオロとしていると、アーヴィングがそっと汚れていない方の手で背中を撫でてくれる。

温かい手に背中を摩られて、ハリエットは非常事態に張り詰めていた緊張がホッと緩むのを感じた。

「ハリエット」

名前を呼ばれて顔を上げると、アーヴィングの水色の瞳があった。穏やかで澄んだ湖面の色だ。

「大丈夫だよ、落ち着いて。手は洗えばいいだけだ。それよりも、気分はどう？　歩けそうかい？」

問われて、自分の胸元に手をやった。胃の中のものを全て吐き切ったのか、気持ち悪さはだいぶ落ち着いていた。こくりと頷くと、アーヴィングは小さく息を吐いて「良かった」と微笑んだ。

（……ああ、もう、あなたって人は……！）

ハリエットは堪え切れず、ボロボロと涙を流した。

こんな非常時だったが、胸がいっぱいになっていた。恋人や家族だって、できることとできないことがある。

（私の吐瀉物を手で受け止めて、そんな当たり前のように微笑むなんて……）

誰がここまでのことをしてくれるだろうか。きっと実の親――あのロクデナシの父親だって、自分を捨てた母親だってしてくれないだろう。しかもアーヴィングは、直前にハリエットがノーマンを庇ったと勘違いまでしているのだ。少しでも腹が立っている相手にこんなふうに優しくなんて、自分だったらできるだろうか。

緊急時とはいえ——いや、緊急時だからこそ、その人の本来の姿が分かるものなのかもしれない。

アーヴィングからの掛け値のない愛情が自分に向けられていることを実感し、ハリエットは彼への愛情と信頼が膨らんでいくのを感じた。

もちろんこれまでだって、彼を愛していたし、信頼していた。

だがこれまで以上に、その想いが深くなっていくのが分かる。

「さあ、行こう」

アーヴィングが汚れていない方の手を差し伸べる。

それに自分の手を重ねながら、ハリエットはある未来を確信していた。

(——私はずっとこのことを忘れないでしょうね)

愛情は不思議なものだ。目に見えないし、人によって形が違うから噛み合わないことだってしょっちゅうだ。与えられたことにも気づかなかったり、受け取り損ねたりだってするだろう。愛し合って夫婦になった二人だとしても、完璧に分かり合うことなどできないのだから仕方ない。

だがそれでも、アーヴィングのくれたこの愛情は、確かな重みを持ってハリエットの心の中に入った。

(私はこの先きっと、何度もこの記憶を繰り返し思い出すわ)

そうしてこの先も何度だって彼に恋をしていくのだ。


ハリエットはベッドの中で盛大にため息をついた。

ハリエットが嘔吐してしまった後、アーヴィングはテキパキとその後始末をすると、再びハリエットを抱えて部屋まで戻ってくれた。部屋に戻ると、メイドのイライザが具合の悪い主人の姿に仰天し、「お可哀想に、ハリエット様!」とあれこれと世話をしてくれた。部屋着に着替え、温かい蒸しタオルで顔や手足を拭ってもらうと少し気分は楽になったが、やはり船酔いの症状は続いていたのでそのままベッドに横になることにしたのだ。

(ああ……私ったら、どうしてこうなのかしら……)

肝心なところでいつも失敗する。思えば三年前の結婚式でも、考え事をしていて宣誓のタイミングに気づけなかった。

今回だって、せっかくアーヴィングが用意してくれた船旅だというのに、楽しむどころか寝込んでいるのだから、アーヴィングに申し訳ない。ただでさえ忙しい人なのに、この旅行のためにあれこれと手配をしてくれたのだ。さぞかし大変だっただろう。それにこんな豪華客船の特等船室なんて、お金を出したとしても予約が取れない部屋だと、ナサニエル神父が言っていた。

『きっと挽回のチャンスだと張り切っているんだよ。ヴァンはいつも〝結婚当初、ハリエットにひどいことばかりしてしまった〟と僕に懺悔しているからね』

初めて聞く話に、ハリエットは驚いてしまった。「そんなことはない。ずっと良くしてもらってきた」と反論すれば、ナサニエル神父は「うーん、それはどうかなぁ」と苦笑いをするばかりで同意はしてくれなかった。

（だって本当にひどいことなんて、何もされていないのに……）

アーヴィングと結婚してから、ハリエットはずっと幸せだ。

『契約結婚』を言い渡された時には驚いたし、少しムカッとしないこともなかったが、よく聞いてみればアーヴィングの言う条件は、全てハリエットのことを配慮しているものだと分かった。なにより、いつだって彼がハリエットのことを慮ってくれているのは分かっていた。これまでの人生で、アーヴィングほどハリエットを尊重し、大切にしてくれた人はいなかった。

アーヴィングと結婚できたことは、自分の生涯で最大の幸運だったと思っている。

だから彼が懺悔しなくてはいけないことなど何もないのだ、と強めに主張すると、ナサニエル神父は「降参だ」というように両手を上げて笑った。

『まあ、懺悔云々はともかく、ヴァンも楽しみにしてるんだよ。夫婦水入らずの旅行なんて、初めてなんだろう？』

そう、初めてだ。なにしろ結婚してからとある事件やハリエットの妊娠・出産、加えて夫の新しい仕事など、いろいろありすぎて旅行などしている暇はどこにもなかった。もちろんそれはそれで忙しくも幸せな日々には違いない。

だがそれとこれとはまた別物なわけである。

（……私だって、ずっと楽しみにしていたのに……）

ハリエットとて、愛する夫を独り占めできるまたとない機会だ。

新しい仕事をするようになってから、アーヴィングはとにかく忙しくてほとんど家にいなかった。ハリエット自身も育児にかかりきりだったこともあり、生活形態の違いから丸一日アーヴィングの顔を見ない日もあったくらいだ。ラブラブではあったけれど寂しくないわけがない。

とはいえ、その不満を正直に口にできるハリエットではない。

なにせ座右の銘が『生きてりゃなんとかなるさ』の人間である。多少の苦難はかすり傷。子どもの頃から我慢する癖がついているせいもあり、多少の出来事は「瑣末、瑣末！」と一刀両断。自分の寂しさなど、アーヴィングの仕事に比べたら塵《ちり》ほどの価値もない。なにしろ彼はこの国の悪を打倒しているのだ。不当に扱われている人々を救うことが、どれほど高邁なことが、ハリエットにもよく分かる。自分自身が不当な目に遭ってきた人間なのだから。文句など言えるわけがない。

——とはいえ、両断されても寂しさは消滅するわけではなく、カケラとして心に残るもの。細かなカケラは降り積もって結構な量になっている。

その積もった寂しさを、二人きりのこの旅行で一気に解消したいと思っていたのだ。

そして夫婦の仲を深める中で、親としての自分たちを見つめ合う機会を持てるように！

そう意気込んでいたというのに。

（実際には船酔いでベッドに撃沈、だなんて、本当に私ったら……）

今頃は素敵なドレスを着て、アーヴィングと一緒に豪華なレストランで食事をしているはずだったのに、ハリエットはこの有様だ。

アーヴィングは仕方なく一人で食事に行ってしまった。

（……あんな素敵な男性が一人でレストランに現れたら、きっとご婦人方が狙ってくるに決まっているわ……！）

普段はあまりこういう思考にならないハリエットだが、体調不良で思考がネガティヴになってしまっている。心と身体は表裏一体とはよく言ったものである。

（アーヴィングが浮気をするような人ではないって分かってはいるけれど……）

彼から愛されていることは分かっているし、彼が他の女性に目移りするところなど想像もできない。

とはいえ、である。本音を言えば、夫に色目を使う女性が近づいてくるだけでも嫌だ。いくら彼が素敵だからと言っても、嫌なものは嫌、絶対嫌！　なのだ。

今こうしてベッドに突っ伏している間にも、アーヴィングが誰かに言い寄られているのではないかと不安が込み上げて、ばかみたいに涙が浮かんできた。

（やだ、私ったら……情緒不安定だわ）

現実に起こったわけでもないのに想像で泣くなんて、幼い子どものようだ。我ながら恥ずかしい。ジョーダンの前では絶対できない
いつもなら、気分転換に散歩をしたりお茶を飲んだりするところだが、なにぶん今はすごぶる体調が悪く、身体を起こすことすらままならない。相変わらずトドのようにベッドに横たわり、身を丸めていることしかできない自分が情けなくてため息が漏れた。

（トド……私はトド……）

トドの何が悪いというわけではないし、言ってしまえば自分でも訳がわからないが、気分はどんどん落ち込んでいく。負の連鎖とはこのことである。

心が健康であるためには、身体が健康でなくてはならない。

ハリエットは身に染みて感じていた。

「……レストランで、ディナー、食べたかったなぁ……」

ポツリと漏らした呟きに、応える声があった。

「何を食べたかったのです？　一応スープと果物はもらってきましたが、食べたい物があるなら持って来させましょう」

ビックリして顔を擡《もた》げると、寝室のドアからアーヴィングが入ってくるのが見える。手には銀色のトレーがあって、その上にスープと果物が入った食器が載っていた。

「ア、アーヴィング……？」

どうしてここにいるのだろう。

レストランで食事をしているのだとばかり思っていたのに。

ハリエットの頭の中で疑問符が巡っている間に、アーヴィングは長い脚でスタスタと歩き、あっという間にベッドのすぐ傍へ到着してしまった。そして手にしていたトレーをサイドボードに置くと、ハリエットの脇に腰掛け、手の甲でハリエットの頬を撫でる。大きな手は骨張っていたが、温かかった。

「君が食べられそうな物をもらってきたのですが……まだ顔色が良くありませんね」

「……あなたは？　食事をされていないのでは？」

アーヴィングがレストランへ向かってからまだ十分も経っていなかった。今夜のメニューはフルコースだったはずだ。そんな短時間で終わるわけがない。

ハリエットの問いに、アーヴィングは軽く眉を上げた。

「君がいないなら、レストランで食事をしても意味がないので」

「……？　レストランは食事をする所なのでは？」

レストランで食事をしなければ、何をするというのだ。

意思の疎通ができていない気がしてきたが、アーヴィングも同じだったようだ。不思議そうな表情で首を傾げている。

「食事はこの部屋でもできます。レストランは、君と一緒に行くから意味があるので……」

その返しに、ハリエットは唖然としてしまった。

「……あなたったら……」

それではアーヴィングがレストランへ行く目的は『ハリエットと一緒にいること』になるではないか。レストランの意味とは？　と思っていると、彼がサイドテーブルの上に置いた食べ物を指差した。

「君はこの船のレストランで食事をするのを楽しみにしていたでしょう？　せめて食べられそうな物だけでもと持ってきたんですが……」

（……ああ、そうか。アーヴィングは『私が喜ぶから』レストランに行くんだわ……）

別に美味しいものが嫌いなわけではないはずだ。ヴィンター侯爵家の料理人の腕は一級品だし、本人も好物のクランペットに関しては一家言があるらしく、料理長と議論を交わすことがあるほどなのだから。それくらい食に対する興味があるのに、彼の優先順位は常にハリエットが上位なのだ。

それを申し訳ないと思う自分もいるが、嬉しいと思う自分もいて、ハリエットは困ってしまう。愛する人に誰よりも特別に思ってもらえることは、ハリエットにとっては喜びだ。

けれどアーヴィングは特別な人だ。王妃の従甥《じゅうせい》であり、その能力の高さから王の覚えもめでたく、直々に新組織の長官に任じられるほどで、その上見れば分かる通り信じられないくらいの美貌の主である。

どこをとっても特別である彼を、妻とはいえ自分が独占していいはずがない。

(この国も、人々も、アーヴィングを必要としているのよ)

だから自分やジョーダンの傍にもっといてほしいと思うことは、いけないことのように感じていた。

それでも、時折ものすごく寂しくなってしまって、ついその気持ちを少しだけ彼に漏らしてしまったこともあった。そんな時、アーヴィングは決まって嬉しくて堪らないといったような表情になる。「私も君たちの傍にいたい」と情けなく笑う彼のアイスブルーの瞳には、嘘は一欠片もなかった。心からそう思ってくれているのだと分かるから、ハリエットの心は保たれている。彼の愛を信じられているから、寂しさを我慢できる。……いや、我慢するべきだと思っていられるのだ。

（なのに、あなたがいつもそんなふうに、私を大切にしてくれるから……）

もう十分愛されていると分かっていても、もっと、もっと、という欲望が大きくなってしまうのだ。

「……少しでも食べられそうなものはありますか？」

頬にかかったハリエットの髪を撫でるように指でどけながら、アーヴィングが訊いてきた。胃にはまだ圧迫感があったけれど、夫の優しさに触れて少し気分が浮上する。我ながら現金なものである。

「……スープ、なら……」

飲めるかもしれない、と答えると、アーヴィングは嬉しそうに微笑んで、ハリエットの背中にクッションを置いて上体を起こすのを手伝ってくれた。

「気分は悪くないですか？」

「……大丈夫そうです」

「良かった」

アーヴィングはホッと息をついた後、いそいそとスープの皿を持つと、スプーンでひと匙掬《すく》ってフウフウと息を吹きかける。

「はい」

当たり前のように飲ませようとしてくるので、一瞬戸惑った。自分で飲めると言おうと

思ったが、ハリエットは思い切って口を開けた。

（……甘えたっていいはずよ。だって、今は蜜月旅行なんだもの！）

口をぱかりと開くハリエットに、アーヴィングがその美しい目を細める。

「可愛いな。小鳥の雛《ひな》みたいだ」

スプーンを口の中に入れられながらそんなことを言われ、ハリエットはなんとも居た堪れない気分になってしまった。小鳥の雛なんてものにたとえられるほど、自分は幼気《いたいけ》でも可愛らしくもないのだが。

（……でも、アーヴィング、嬉しそうだわ……）

ハリエットに給餌するのが楽しいのか、大変ニコニコと良い表情だ。それに水を差すのは躊躇われて、ハリエットは大人しくスープを飲ませてもらうことにした。

だが皿の半分ほどを飲んだところで、なんとなく胃に圧迫感を覚え始めたのでやめてもらった。

「やはりまだ船酔いが続いていますね……」

「……これ、いつまで続くんでしょうか……」

ムカムカとする胃を押さえながら、ハリエットはうんざりと横たわる。

まだ船旅は一日目が終わろうとしているところでしかなく、あと三日は続くのだ。その間ずっとこの調子なのだろうか、と半ばゾッとしながら言うと、アーヴィングは「うーん」と困ったように唸る。

「乗り物酔いに治療法はないと医師が言っていましたが……長時間乗ると慣れてくると聞いたことがあります。実際に船の乗組員の中にも最初は酔う者がいますが、数日間乗り続けていると慣れて平気になるそうですよ。一晩寝て起きれば、治っているかもしれません」

「本当ですか？」

「……確実ではないけれど、人間は慣れる動物だから……。信じてみてもいいのではないですか？」

ここで「絶対に大丈夫です！」と言わないところがアーヴィングらしい。嘘はつかない人なのだ。

ハリエットはふふっと笑うと、「分かりました」と頷いた。

アーヴィングもつられたようにクスリと笑うと、ハリエットの掛布を肩まで引き上げてくれる。てっきり寝室から立ち去るかと思ったのに、彼は椅子に座ったままじっとハリエットの顔を見つめてくるので、目を瞬いてしまった。

「あの……私は大丈夫ですよ？」

「……うん。君が眠るまで、見ていてはだめかな？」

「えっ、だめです」

ハリエットは思わず即答する。そんなこと、だめに決まっているではないか。

拒絶にアーヴィングの顔が一気にしょんぼりとなっている。ハリエットは慌てて言い募った。

「あっ、だって！　あなたに顔を見つめられていたら、緊張して眠れないわ！」

「寝顔はいつも見ているのに……」

「えっ!?」

いつの間に見られていたのだろうか。

だが同じベッドで眠っているのだから、寝顔を見られていても不思議ではない。

「だっ、だめです！　だってあなた、まだ夕食をとっていないでしょう？　ちゃんと食べてきてください。じゃないと、あなたの方が倒れてしまうわ」

「私は一食抜いたくらいでは倒れないですよ……」

アーヴィングはまだ反論しようとしていたが、ハリエットがじっと見つめてやると、渋々といったていで首肯した。

「……でも、君が心配してくれるなら、食べてきましょう」

「そうしてください」

ようやく腰を上げた夫を、ハリエットは微笑んで見送る。

船酔いの気持ち悪さは相変わらずあったが、心はとても軽やかになっていた。

＊＊＊

何かが頬に触れる感触で意識が浮上する。

瞼を開くと、そこには愛しい妻のチョコレート色の瞳があった。どうしたのだろうか。

少し不安そうに眉を寄せている。

（……君の不安は、全部私が取り除いてあげる）

だからそんな顔をしないでほしい。

自分の頬を撫でる彼女の手を摑み、安心させようと微笑んだ。

「どうしたのですか、ハリエット。何が不安です？」

すると愛妻はちょっとムッと唇を尖らせる。小さな唇が愛らしくて、啄みたくなる衝動をグッと堪えた。ハリエットは自分がとんでもなく魅力的なのを少し理解した方がいい。

彼女にとってなんでもない仕草でも、見ている者には目の毒なのだ。

「不安じゃなくて、心配なんです。どうしてベッドで寝ていないのですか？」

指摘されて、アーヴィングはようやく己の状況を思い出した。

（……そうだ。私は彼女の看病をしていたんだった。ということは、そのまま椅子に腰掛けたまま眠ってしまったんだな）

具合の悪い彼女がまたいつ吐き気に襲われるか分からないから、すぐに対処できるようにと思ったのだ。

「君は？　具合はどうですか？」

見たところ顔色はだいぶ良くなっている。だが昼間にあれだけ辛そうだったのだから、と確認すると、ハリエットは困ったようにため息をついた。

「おかげさまで、とても良くなりました。吐き気もないですし、目眩ももうありません」

「そうか……！　それは良かった……！」

アーヴィングはホッとして頬を緩ませる。彼女が苦しそうにしている姿は、見ているこちらの方が辛くなってしまうほどだったから。

するとハリエットはにこりと微笑み、アーヴィングに掴まれていた手をぐいっと引っぱってきた。

「ですから、あなたもベッドに入ってください。椅子の上ではちゃんと休めないわ」

「え、いや、しかし……」

アーヴィングは躊躇した。つい先ほどまで具合が悪かったのだから、また急変しないとも限らない。それに……ハリエットの寝相は非常に自由で大胆なのだ。この特等船室のベッドはそれなりに大きいけれど、自宅のものほどではない。結婚後、彼女の寝相の実態を知ったアーヴィングは、彼女の妊娠を機にベッドをさらに大きいものに変えていた。身重の彼女がベッドから落ちては大変だからだ。その特大サイズのベッドであっても、たまにヒヤヒヤすることがあるくらいなのだ。

（……このベッドでは、絶対に落ちてしまう……！）

アーヴィングは確信していた。落ちないように一晩中見張っていてあげなくては。

そう固く決心していたというのに、ハリエットの上目遣いでその決意はアッサリと崩れ去った。

「私、あなたと一緒に寝たいんです」

「寝よう。一緒に寝るとも、もちろん！」

さあ寝よう、今すぐ寝よう、それ寝るぞ、と掌を返して椅子から立ち上がると、ガウンを脱ぐ。その下に着ていた夜着を見て、ハリエットが首を傾げた。

「シャワーはもう使ったのですか？」

「ああ、ええ。なかなか使い勝手が良かったですよ」

「いいなぁ……。私も使ってみたいです……」

そういえば彼女はバスルームのシャワーを見てえらく感動していたな、と思い出し、アーヴィングはクスリと笑う。

「明日、イライザが起きたら使ってみるといいですよ」

貴族の入浴は使用人による介助が必要だ。メイドは今眠っているからそう言ったが、ハリエットは少し不満げな顔だ。

「イライザに頼らなくても、お風呂くらい自分で入れるのですけど……」

まあそうだろうな、とアーヴィングは苦笑した。

ハリエットは平民育ちだ。生活の全てを自分でこなしてきたのだから、メイドの手などなくてもなんだって出来てしまうだろう。

「だが君は病み上がりだから」

「じゃあ、アーヴィングが見ててくださいませんか？　身体は拭いてもらったのですが、やっぱりお風呂に入りたくて……」

思いがけない返しに、アーヴィングは目をパチクリとさせた。

（……見てて……？　ハリエットが入浴するのを、私が……？）

頭の中には、裸のハリエットが浴槽に浸かって身体を清めているのを、自分がじっと見つめている光景が浮かんだ。

なんだそのご褒美。いいのか？　いやいいわけがない！　犯罪だろう！　犯罪なのか!?　夫婦だから犯罪ではないのでは!?　いやそういう問題じゃない！

「ダメだ！　ダメに決まっているでしょう、そんな！」

自分の不埒な想像に思わず強めに拒絶すると、ハリエットは少し傷ついたような表情になった。しまった。彼女の提案がダメなのではなく、自分の不埒な脳みそがダメなのである。

「……ダメ、ですか……。潮風に当たったせいか、なんだか身体がベタベタしてて……お風呂でさっぱりしたかったんですが……」

「い、いや！　ダメじゃないです！　ダメじゃないですが……いややっぱりダメです！」

頭をブンブンと振り続けるアーヴィングは、「ダメ」を言いすぎて何がダメなのか分からなくなってきた。

「えっと……？」

結局どうなんだ、と言わんばかりにハリエットがまた上目遣いをしてきたので、アーヴィングはコホンと咳払いをした。あまり説明したい類の話ではないが、彼女が悲しむよりはいい、と腹を括《くく》る。

「その……君が入浴するのは構いません。ただ、それを見ているとなれば、私が理性を失う可能性があります。だから……」

「失っていいのに？」

「入浴は一人で……は？　……え？」

アーヴィングは動きを止めた。脳の動きが止まったからである。

（……？　……？）

ハリエットが今何か言わなかっただろうか。なんだか自分に都合のいいことを言った気がするのだが。空耳だろう。そうだ空耳だな。

そう納得しようとしたのに、ハリエットは白い頰をピンク色に染め、ちょっと拗《す》ねたような表情で、アーヴィングの理性に追い打ちをかけるように続けた。

「一緒にお風呂に入りましょう？　えっと、つまり、お誘い、なんですけど……」

「ぐっ……！」

アーヴィングは片手で口を押さえて横を向いた。

妻からの「お誘い」に興奮しすぎて鼻血が出てしまうかと思ったが、鼻の粘膜はなんとか無事だったようだ。

（お、おお……お誘い……って……）

アーヴィングは盛大に混乱した。

なんの「お誘い」だろうか。今の流れで行けば、夜のウニャウニャの話のような気がするのだが……。

（いや、ハリエットがそんなことを言うわけがない。これは私の卑しい欲望が見せた妄想に決まっている……！）

なにしろ愛しい妻は非常に恥ずかしがり屋だ。

人前で——特に息子の前でイチャイチャするのを嫌がるし、夜の営みに対しても、どちらかといえば受け身であることが多く、彼女の方から求めてくれることはほとんどない。

息子が生まれて母親になったことも関係しているのかもしれないけれど、ともかくこんなふうにお誘いされたのは、三年間の結婚生活で初めてのことだった。

心臓がドッドッドッと勢い良く音を立て、じわりと汗が噴き出した。

(私の妄想……だとは思うが！　だがそうではなかったら……？)

そうではなかったらどうするのか。もちろんこうしてああしていやしかし——などと考えて悶々としていると、ハリエットの不安そうな声が聞こえる。

「……あの、アーヴィング……？　やっぱり、一緒にお風呂に入るのは、嫌ですか……？」

「嫌じゃない」

即答した。

嫌じゃない。嫌なわけあるか。喜んで！　心の底から、嘘偽りなく、喜んで！　である。

「……だが、その、君は病み上がりだし……」

一番に心配すべきは妻の身体だ。据え膳を食べたいと大暴れする己の肉欲を、理性の力を総動員して抑え込みながらゴニョゴニョと言ったアーヴィングのセリフを、ハリエットがにっこりと笑って一蹴する。

「大丈夫」

「え」

「もう全然気持ち悪くないんです。そもそも船酔いですし、克服すれば問題ないのでは？」

「い、いや、だが……」

やはり心配で眉を顰めていると、ハリエットが両腕を広げてぎゅっと抱きついてきた。

「え」

柔らかい女体の感触に、ただでさえ興奮しかけていたアーヴィングの身体の細胞が一気に活性化してしまう。

「……っ、ハリエット……」

「お風呂、入りたいです。一緒に……」

「……ッ！　……ッ!!」

結局、アーヴィングは肉欲に屈した。

＊＊＊

白い蒸気で霞む視界の中、ハリエットは夫からの激しいキスを必死に受け止めていた。

一緒に入浴しようと誘ってみたところ、最初は躊躇を見せていたアーヴィングだったが、承諾してからの動きはとても速かった。

バスタブにお湯を溜めると、バスアメニティとして置かれていたというバスソルトを入れ、タオルなどのリネン類と着替えを用意した。テキパキとあっという間に準備を終えると、彼は「さあおいで」とハリエットを抱えた。

（自分で歩けるのだけど……）

とは思ったものの、この旅行中はたっぷりと夫に甘えるのだと決めたのだからと、されるがままになっていた。アーヴィングはハリエットの世話を焼くのが嬉しいのか、上機嫌で妻をバスルームへ連れて行くと、バスタブの縁に座らせて夜着を脱がせてくれた。

夫に脱がされるのは初めてではないのに、明るい場所ではなんとなく気恥ずかしい。

だが脱がしている間にアーヴィングにキスをされ、そこからはあまり記憶がない。

いつの間にか二人とも全裸でバスタブの中で立っていて、ハリエットは激しいキスをされながら、夫の手で全身を愛撫されていた。

ハリエットはキスが好きだ。アーヴィングに口の中を舐められると、頭の中がぽわんとしてきて、彼のことしか考えられなくなるからだ。不安が多い方ではないと思うが、それでも日々を送る中で不安のない人間などいないだろう。家庭の中で、そして社会の中での自分の役割がある以上、仕方のないことではある。母親、ヴィンター侯爵夫人という役割に圧されて、自分が「ハリエット・マリア・ヴィンター」という一人の人間であることを見失ってしまうこともあるのだ。

だが、アーヴィングにキスをされていると、自分を取り戻すことができる気がする。

アーヴィングが求めてくれているのが、「ハリエット」なのだと実感できるからだ。彼の前では、ありのままの自分でいていいのだと思えるのだ。

アーヴィングの舌がねっとりと絡みつき、唾液を混ぜ合わせるようにうねった。舌先で上顎の硬い部分を擽られると、ゾクゾクとした震えが背筋を走り抜ける。彼の舌が、唇が動くたび、粘ついた水音が鳴って、恥ずかしいのにドキドキと興奮してしまった。

「はぁ……可愛い、ハリエット……可愛い」

キスの合間に、アーヴィングが艶っぽく囁いた。その低音に、またぞくりとして肌が粟立つ。ハリエットは夫のこの美声も堪らなく好きなのだ。

アーヴィングはちゅ、ちゅ、と可愛い音を立ててハリエットの唇を食みながら、全身を撫で回した。

大きな手で首や肩甲骨をゆっくりと撫でられる心地好さにうっとりとしていると、もう片方の手で尻の肉を揉みほぐすように摑まれた。男性は女性の尻と胸が好きだというのはよく聞く話だが、それはアーヴィングにも当て嵌まるようで、情事の際にはその二箇所を嬉しそうに愛でている。

尻を揉んでいた手が、するりと内腿へと入り込んだ。

「っ！」

長い指を割れ目に沿うように当てられて、思わず逃げるように腰を引かせてしまう。だ

がすぐ指が追いかけてきて、円を描くように入り口を撫で回した。その指の先が蜜口の上にある敏感な肉の芽を探り当てると、そこを中心に弄られ始める。

（……ぁあっ、ダメ……！）

そこを弄られると、ハリエットは途端に身体から力が抜けてしまう。それをアーヴィングもよく知っているのだ。

包皮の上から陰核を嬲られていると、快感でお腹の中に熱が溜まっていく。熱に蕩けて蜜壺の奥から愛液がトプトプと溢れ出すのが分かった。

「ん……ふ、んっ」

愛撫に気を取られ、キスが疎かになっていたのを窘《たしな》めるように、アーヴィングが下唇を甘噛みしてきた。

「ちゃんと私の舌を受け入れて」

キスの合間にアーヴィングが囁く。

あなたの愛撫が気持ちいいからこうなっているのですが、と言いたいが、キスをされているので言えない。代わりにジロリと睨んでやったが、水色の瞳がそれに気づき、トロリと嬉しそうに細められただけだった。

アーヴィングはハリエットが怒ると、なんだか嬉しそうにすることがあるのだが、それは一体どういう感情からくるものなのだろうか。

「んっ……！」

先ほどまで背中を撫でていた手がするりと下りてきて、後ろの孔を掠《かす》めながら蜜口へ辿り着き、つぷりと膣内《ナカ》へと侵入してきた。

長い指は意外なほどに奥へと入り込み、隘路の媚肉の感触を楽しむように蠢《うごめ》く。膣壁を擦られると溢れた愛蜜が泡立てられて、身体の内側からぐちゃぐちゃという音が聞こえた。

「んっ、んんぅ、む、んぅっ」

陰核を捏《こ》ねくり回されながら膣内を掻き回され、ハリエットは腰をくねらせながら鼻声の悲鳴をあげる。気持ちがいい。キスで口を塞《ふさ》がれているせいで呼吸がままならず、頭がぼうっとしてきた。生理的な涙で霞む目を開くと、至近距離にあるアーヴィングの瞳と目が合う。水色の目は恍惚とした光を浮かべていて、じっくりとハリエットを観察しているように見えた。

（ああ……息が……）

このままでは息が止まってしまう、と焦った時、唇を外される。

やっと息ができる、と空気を吸い込んだ瞬間、陰核の包皮を剝かれた。

「可愛いね、ハリエット。イッていいよ」

ハリエットの大好きな低い声がうっとりとした口調で許可を出す。

それと同時に、剝き出しになった敏感な突起を指で弾かれた。

「――ひ、あぁあああっ」

強烈な快感に、ハリエットは背を弓形《ゆみなり》にして絶頂に駆け上がった。

ビクビクと痙攣するハリエットの身体を、アーヴィングが抱きかかえるようにして支えてくれる。

「上手にイケたね。可愛かったよ。……でももう少し頑張って」

まだ絶頂の余韻に震える背中をヨシヨシと撫でながら、アーヴィングはハリエットの両腕をしっかりと自分の首へと回し、細い首元にキスをした。

「ぁ、ん」

皮膚の薄い場所に吸い付かれ、ハリエットは気だるい身体を揺らして小さく声をあげる。

するとアーヴィングはクスクスと笑い、今度は乳房の上を吸い上げて言った。

「ほら、ちゃんと摑まって。でないと落っこちてしまうよ」

「落っこちて……？」

意味が分からず首を傾げていると、アーヴィングの腕がハリエットの太腿を掬い上げる。

「きゃあぁっ！」

「ほら、だからちゃんと摑まっていないと」

急な浮遊感に晒されて夫の首にしがみ付くハリエットに、アーヴィングはクスクスと笑った。

だが笑い事ではない。

アーヴィングは長身だ。その夫に脚を開いた状態でしがみついているのだ。アーヴィングが両手で尻を抱えるようにして支えてくれているが、不安定な状況であることは間違いない。そして自分の股とアーヴィングの腹の間に、熱く硬いモノが挟まっていることにも気づいていたので、何に自分の注意を向ければいいのか分からなくなり混乱してしまう。

「ア、アーヴィング、怖いです！」

ハリエットが悲鳴を上げると、アーヴィングは妻の髪に鼻を擦り付けるようにしながら、「大丈夫」と囁いた。

「私が君を落としたりするわけないだろう？」

「で、でも……！」

「大丈夫。ゆっくり動くから」

そう言ってハリエットの額にキスを落とすと、アーヴィングはバスルームの壁にハリエットの背中をくっつけた。

「ひゃあっ」

背中にヒヤリとしたタイルの冷たさを感じて驚くと、低い笑い声が耳元で響く。びっくりさせられたのに笑われて、ハリエットはムッとしてアーヴィングを睨んだ。

「ああ、すまない。冷たかったな。……ふふ、本当に悲鳴まで可愛らしいなんて、愛しすぎて……。どうしようかな。食べてしまいたくなる……」

はぁ……、とため息をつく夫の顔は、色気の権化のようだ。水に濡れた肌は陶器のように艶やかで、一片の染みもない白い頬に髪が一筋貼り付いているのが、妙にいやらしく見える。いつもは穏やかに凪《な》いだ色を浮かべる瞳が、情欲にグラグラと燃えていた。

「食べてもいいかな？　ねえ、ハリエット」

冗談なのか本気なのか分からない口調に、怯えるべきなのに、胸が高鳴ってしまった。ハリエットは先ほどの怖さなどすっかり忘れて、色気が迸るような夫の瞳に魅入られたようにコクリと首を上下させる。

「……食べて、ください」

その承諾に、アーヴィングがにっこりと破顔した。まるで天使が慈悲を施すときのような、清廉な微笑みだった。

「ああ、もちろん」

恍惚とした口調で言って、アーヴィングはハリエットの身体をさらに壁に押し付けると、聳り立った肉棒の切っ先を蜜口に宛てがった。先ほど絶頂したばかりの女淫は、いまだに蜜を吐き出しながらヒクヒクと戦慄いていて、侵入しようとする雄杭を嬉しそうに呑み込んでいる。

「あ……、ぁあ……」

グプ、と鈍い音を立て、泥濘《ぬかるみ》の奥へと屹立が押し込まれていく。

熱《いき》り勃《た》った男根は赤黒く、太い血管が浮き出ていて非常に凶暴そうだ。全てが美しいアーヴィングの身体の中で、唯一グロテスクな見た目をしている場所かもしれない。

その恐ろしげなものが自分の中に挿し込まれている様子は、ハリエットの心に妙な興奮を生んだ。見てはいけないものを盗み見ている背徳感と言えばいいだろうか。

「ほら……私のモノが、君の中に挿《はい》っていくよ」

アーヴィングはゆるゆると抜き差しを繰り返して、じっくりと時間をかけて侵入してくる。じわじわと内側を押し広げられていく感触に、ハリエットの身体がじくじくと疼いた。

（あ、あぁ……もどかしい……！）

この身体はもう、アーヴィングの与えてくれる快感を知っている。太い雁首で膣壁を擦られる気持ち好さや、硬い切っ先で最奥を叩かれる重だるく甘い痺れを知っていて、それをもっと早く、もっと強くちょうだいと望んでしまうのだ。

その淫らな願望を、夫は容易《たやす》く見透かしてしまう。

熱したハチミツのようにとろりとした笑みを浮かべ、その美しい顔を近づけてハリエットに頬擦りをする。

「ふふ……そんな物欲しげな顔をして……。可愛いね、ハリエット。もっと欲しい？」

言いながら、途中まで挿し込んでいた屹立を抜けるギリギリまで引いてしまう。

先ほどまで自分の虚《うろ》を埋めていたモノがなくなって、ハリエットは寂しさと物足りなさにむずがるような鼻声を上げた。

するとアーヴィングはくつくつと喉を鳴らし、ハリエットの唇をペロリと舐めてから甘やかすように囁いてくる。

「心配しなくていいよ。ちゃんとあげるから……ホラ」

言いながら、勢いよく腰を突き上げた。

「ヒャウッ！」

一気に最奥まで押し込まれ、衝撃にも似た快感がハリエットの全身を貫く。硬く逞しい雄芯がみっちりと自分の隘路に嵌まっていた。欲しかったモノをようやく咥え込むことができて、媚肉が嬉しげに蠢いている。

「はは……すごいな。挿れただけなのにこんなにヒクヒクさせて……。そんなに気持ち好い？」

「……っ、やぁ……！」

自分の淫らさを暴かれるのが恥ずかしくて、ハリエットは涙目で首を振るが、アーヴィングは楽しそうだ。ちゅ、ちゅ、と音を立てて白い頬を啄むと、上体を起こして妻の両膝を抱えなおし、腰を大きくグラインドさせる。

「ん、ぁああっ！」

蜜路の中をグリグリと押し広げるような動きに、奥を突かれるのとはまた違う快感を得て、お腹の奥が火を灯されたように熱くなった。その熱で身体の芯が蕩けていくような感覚に捕らわれ、頭の奥がぼぅっと白く痺れ始める。

（ああ……、気持ち、いい……！）

全身でアーヴィングを感じながら、ハリエットは恍惚と快楽に身を浸した。

夫を受け入れる時、いつだってハリエットは多幸感に満たされる。彼の全てを受け止め、自分の全てを受け止めてもらうこの行為は、二人がお互いのために存在するのだと強く感じられるからだ。

嬉しくて、愛しくて、気持ち好くて、アーヴィングのことしか考えられなくなってくる。

ハリエットは彼の首にかけていた手に力を込めて、美しい顔を引き寄せた。キスがしたい。あらゆる場所で、アーヴィングと繋がっていたかった。

アーヴィングはすぐに意図に気づき、微笑みながら唇を合わせてくれた。

肉厚の舌が入り込んできたのを、ハリエットは歓待するように口を開く。熱い舌の感触が心地好かった。絡み付いてくるそれに必死に合わせる間も、熱杭は蜜筒の中をずりずりと行き来していて、愉悦に戦慄く媚肉を苛み続けている。

「ん、ん、っ、ぅんっ……」

張り出した傘の部分で襞を擦り上げられるたび、脳の奥がトロトロと液体になっていくような気がした。何も考えられない。頭の中にあるのは、今自分をめちゃくちゃにしているアーヴィングのことだけだ。

(すき……すき、アーヴィング……)

気持ちが高まって、彼を抱き締める腕に力がこもる。それと同時に蜜襞が収斂し、ぎゅうぎゅうと膣内の彼を食い締めるのが分かった。

「……っ」

キスをしていたアーヴィングが一瞬息を殺し、ハリエットの膝を抱える逞しい腕に力がこもる。

「ぷ、ぁん」

ぬるりと舌を引き抜かれたかと思うと、アーヴィングが顔を下げてハリエットの乳房にむしゃぶりついた。

「え、あっ」

乳首に乱暴に吸いつかれ甘噛みされると、甘い痛みの混ざる快感に下腹部が疼いて、また蜜筒が収斂する。

すると次の瞬間、乳首に当てられていた歯が鋭く押し当てられた。

「ヒ、ァアッ！」

噛みつかれた痛みの刺激がそのまま快感に変わり、ハリエットはビクビクと背中を震わせて絶頂する。

「……ッ、ああっ、もうっ！」

悔しげに呻く低い声が聞こえると同時に、重い一突きで最奥を抉られた。

「……っ！」

あまりの衝撃に、ハリエットの目にパチパチッと青白い星が瞬く。自分の中心を叩き壊されているような、凶暴な衝撃――快楽だった。

アーヴィングの動きは切羽詰まっていた。ハリエットの背中をバスルームの壁に痛いほど押し付け、膝を押さえつけて固定し、一心不乱に腰を振ってくる。

容赦ない速さで何度も何度も媚肉を擦られ、最奥を穿たれていく内に、先ほど駆け上がったばかりの高みの、その先へと身体が上り詰めていくのを感じた。

身体が熱くて堪らない。火の玉になって、爆発してしまいそうだ。

皮膚と皮膚、粘膜と粘膜――アーヴィングと重なる全ての場所が、熱く溶けて一つに混じり合うような錯覚を覚える。

それは甘く切なくて、ひどく心地好い感覚だった。

「アーヴィ、ング……」

「ハリエット」

どちらからともなく名を呼んだ。

求め合うように目と目が、唇と唇が重なった時、お腹の中でアーヴィングが爆ぜる。ビク、ビク、と彼のものが痙攣するのを感じながら、ハリエットは自分もまた愉悦の光に身を委ねたのだった。

第三章　船の中で波乱万丈

翌朝は、とても快調だった。

昨日までの不調はなんだったのかと思うほど、目眩も吐き気もなく、空腹で目が覚めたくらいだった。

「アーヴィング、これすっごく美味しいです！」

クリームのたっぷりのったチョコレートケーキを頬張りながら言うと、アーヴィングは微笑ましそうに目を細めてうんうんと頷いてくれる。

「良かったですね、ハリエット。本当に体調が回復したようだ」

どうやら夫は、妻の体調の良し悪しを食欲の有無で判断しているようだ。

昨夜はあれだけ「大丈夫」だと言ったのに、陥落まで結構粘られたことを思い出しながら、ハリエットは心の中で唇を尖らせた。

（……きっとスープしか飲まなかったから、信じてもらえなかったのね）

ハリエットがもりもりと食べる様子を見て、ようやく信じてくれたらしい。

よほど食いしん坊だと思われているのだろう。悔しいが、事実だから仕方ない。

昨夜のバスルームでの情事の後、ベッドに倒れ込むように眠った二人は、午前中の遅い時間に目を覚ました。夜遅くにあれだけはしゃいだ（？）のだから、ぐったりしていてもおかしくないのだが、なぜかハリエットの体調は絶好調だった。

体調が良くなれば、昨日まで感じなかった空腹の感覚が蘇った。ぐうぐうと鳴るほどお腹が減っていたが、寝坊して朝食を逃してしまったので、こうして夫婦揃ってカフェでお茶をしているところなのだ。

「……でも、本当に不思議ですね。昨日はあんなに辛かったのに、もうすっかり元気だなんて！」

ハリエットはミルクティを啜《すす》りながら首を捻った。

『ちょっとした気鬱や体調不良は、良好な夫婦生活で解消するんですわ！』と、なんとかいう伯爵夫人が声高に話しているのを聞いたことがあるが、あれは本当なのかもしれない。

（そういえば、女将さんも『妻の美貌は夫婦円満の証だよ！』って言ってたものね……）

子どもの頃にいろいろとお世話になったパン屋の女将さんは、とてもツヤツヤのお肌の持ち主だった。街のご婦人たちにその秘訣を訊かれて、女将さんが自慢げにそう答える傍らで、旦那さんが恥ずかしそうに厨房へと逃げて行く光景を思い出し、思わず笑いそうになってしまった。

「船酔いは、慣れると治ると言います。慣れるのに一週間かかる者もいるという話ですから、君は順応力が高いのかもしれませんね」

「なるほど……」

結局『慣れ』の問題なのか、と頷いていると、穏やかだったアーヴィングの眼差しが一瞬で鋭くなったので、ギョッとなってしまった。

「ア、アーヴィ……」

どうしたのかと訊ねようとした時、背後から「ハリエット！」と声をかけられて、もう一度ギョッとなった。

その声が、ノーマンのものだったからだ。

（嘘でしょう？　昨日の今日で声をかけてくるなんて……）

昨日ノーマンは、船酔いで具合の悪いハリエットに構おうとして、激怒したアーヴィングに「妻に近づくな」と厳しく忠告されたばかりだ。

それなのにこうして声をかけてくるなんて、よほどのばかか、相当な怖いもの知らずのどちらかだ。

（昨日はアーヴィングにとても怯えている様子だったのに……）

あれほど怯えていたからもう近づいてこないと思っていたのだが、実はそれほど怯えてもいなかったということなのだろうか。

（ならわざと怯えたふりを？　ノーマンってそんな性格だったかしら？）

遠い昔の記憶を探って振り返ってみれば、確かに明るいかと思ったら陰があったり、リーダーシップがあるように見えて、肝心なところでは前に出てこなかったりと、二面性のある少年だったように思う。

（……でもノーマンには、事情があったから、仕方がなかったのよね……）

それは、少なくともあの頃、ハリエットしか知らないノーマンの秘密だった。

ハリエットも偶然知ってしまっただけだったけれど、苦しんでいるノーマンを見てとても同情したのだ。だから、「二人だけの秘密だ」と言われて頷いた。これまで誰かに言ったことはなかったし、この先ももちろんそうするつもりだ。

ともあれ、子どもの頃から二面性のある少年だったノーマンだ。今でもこちらの意表をつく行動を取ってもおかしくない。

ハリエットは狼狽えつつも、諦めて腹を括った。

ノーマンを無視するのはあまりに大人気ない。それにここには大勢の人の目がある。平民であるノーマンを無視したりすれば、ヴィンター侯爵は平民を軽視していると噂が立ってしまうだろう。

（アーヴィングはどの貴族よりも、平民に対して公平で寛容な思想の持ち主なのに！）

貴族が持つ特権は、民を守り導くためのものであり、その義務をまっとうしない者は貴族の資格はないと豪語し、苦労と努力を重ねて事業を起こし裕福になった平民を賞賛する人だ。そのせいで貴族の中では異端者扱いで、陰口を叩かれることもある。

それでも自分の主義主張を曲げないアーヴィングを、ハリエットは心から尊敬しているのだ。

（それなのに、間違った噂を立てられてこの人が貶められるなんて、絶対に嫌だわ……！）

夫を正しく評価してほしいと思うのは、ハリエットの勝手な願望かもしれない。きっとアーヴィング自身は人の噂など「どうでもいい」と一蹴するだろう。

（……でも、私は嫌……）

愛する人を悪く言われるのを良しとする人はそういないのではないか。

だからハリエットは、仕方なくノーマンの声に笑顔で振り向いた。

「まあ、ノーマン。ごきげんよう。良いお天気ね」

こうなればできるだけさっさと会話を終えて、立ち去ってもらうしかない。

そう思って、無難に終了できる天気の話を交えて挨拶すると、ノーマンはホッとした顔になった。

「良かった。元気になったんだね。……ああ、こんにちは、侯爵様」

（そんなついでのようにアーヴィングに声をかけるなんて！）

ハリエットは心の中で悲鳴を上げつつ、そっとアーヴィングの方を窺う。

怒り狂っているのではないかと思ったのだが、意外なことにアーヴィングは無表情だった。そこには怒りはなく、ただ静かに現状を受け止めている様子だ。

「こんにちは」

アーヴィングは軽く頷いてそう言った。

そっけない返しだが、確かにノーマンに向けた挨拶だ。

（……良かった。紳士的な対応だわ……）

ホッとして、ハリエットはノーマンに向き直った。

「それで？　何かご用かしら？」

遠回しに「用がないなら退散してくれ」と言ってみたが、どうやらノーマンには分からなかったようだ。ニコニコと邪気のない笑みを浮かべている。

「昨日はずいぶんと辛そうだったから、心配していたんだ。もしかして船酔いだったのかい？」

「ええ、そうなの。でももうすっかり元気よ。ご心配ありがとう」

にこやかに礼を言って話を終えたいのに、ノーマンは「そいつは良かった！」と言ってその場から立ち去る気配を見せない。

このままでは「良かったらご一緒します？」と同席を勧める流れになってしまう。

ハリエットは焦って口を開いた。

「ええと、他に何かご用が？」

早く立ち去れ、と言ったつもりだったが、ノーマンは少し照れくさそうに鼻を擦って肩をすくめた。

「実は、渡したい物があってさ」

「渡したい物？」

「そう。これ、受け取ってよ」

ノーマンが後ろに組んでいた手を、サッとこちらに差し出してくる。

ハリエットは咄嗟に手を出して受け取ってしまい、渡された物を見て声をあげた。

「まあ、きれい」

それはレースで編まれたバラのコサージュだった。レース編みはドレスや手袋などに使われるが、こんなふうに立体的なコサージュになっている物は珍しい。

とても細い糸で編んであるらしく、繊細で美しい品だった。

「……でも、どうしてこれを私に？」

なぜこれを自分にくれるのか分からず首を捻っていると、ノーマンは期待が外れたような顔をしていた。

「あれ？　君、こんなやつを欲しがっていなかった？　昔」

「昔？」

「ほら、神父様の教会でバザーをした時だよ。仕立屋の娘さんが作ってきたのを見て、キャーキャー騒いでいただろ？」

言われてハリエットはようやく思い出した。

ナサニエル神父の教会で年に一度チャリティバザーを行っていたのだが、ある年に造花のコサージュが出品されたことがあったのだ。あの街では当時、造花のコサージュが流行していて、女の子たちがそれを見て「欲しい、欲しい」と騒いでいた。もちろん子ども教室にやってきている子たちにそれを買う金などなく、みんな指を咥えて見ていることしかできなかったのだが。

「ああ、あの時の……よく覚えているわね」

ハリエットが言うと、ノーマンは「まあね」とはにかんだ。

（……でも、私は別にコサージュを欲しがってはいなかったのだけど……）

その日の食べ物にも困っていた当時のハリエットにとって、コサージュなんて腹の足しにもならないものは、欲しいとは思えなかった。そんなものを買うお金があったら、明日の分のパンを確保したかった。

きれいだと騒ぐ女の子たちの中にはいたかもしれないが、ハリエットの目はコサージュではなく、その奥に置いてあったハーブクッキーに向いていたのだ。

「あの、でも悪いわ。ノーマン。これはあの時のものよりずっと上等だし、いただく理由がないもの」

夫でもない男性からの贈り物など身につけるわけにはいかないし、そもそもコサージュなど欲しくない。だが無下にするわけにもいかないし、なんなら隣に座っているアーヴィングから醸し出される雰囲気が凍てつき始めている。困った。

「ああ、二等船室のデッキで売っていたんだ」

「え？　デッキで？」

意外な話に、ハリエットは目を丸くした。確かにこの船のデッキは広く大きめのソファやベンチが置かれていたり、子どもたちが三輪車に乗っていたりするくらいだが、まさか商売をしている人がいるなんて。

「そう。船の上で商売をしてはいけないってルールはないからね」

「でも、そんな人見かけなかったわ」

このカフェに来る前に、アーヴィングと一緒にデッキにも行ったが、商売をしている人など見ていない。

するとノーマンは「やれやれ」とでもいうように両手を上げる。

「そりゃあ、特等船室だからさ。ここは貴族が多いから、そんな真似をすれば注意されるかもしれないが、二等船室ではお咎めなし。あそこには商売人もたくさん乗ってるから、いろんな物が売られてる。小さな市場みたいになっているよ」

「まあ、そうなのね……！」

ハリエットは驚いてしまった。特等船室では見られない光景に、少し心が躍る。脳裏に懐かしい記憶が蘇った。故郷の街では、月に一度広場に市場が立った。露店が立ち並び、普段は見ない食べ物や物が並べられ、売り子たちの威勢の良い掛け声が響く賑やかな光景は、子ども心にワクワクしたものだ。

正直にいえば、上品で澄ました雰囲気の特等船室のデッキよりも興味がそそられた。

「あなたは二等船室に泊まっているの？」

ハリエットが訊くと、ノーマンは首を横に振る。

「いや。特等船室だよ。じゃないとここには来られないからね」

「ああ……そうね。そうだったわね……」

ハリエットはこの船に乗る際の規約を思い返し、苦笑した。

この客船は客にきっちりと境界線を引いていて、特等船室の客しか立ち入ることができない場所がたくさんある。このカフェテリアもその一つだ。支払った金額によって受けられるサービスが違うと、明確に示されているということだ。少々物悲しい感じがするが、商売とはそういうものなのだろう。

「じゃあどうして知っているの？」

ハリエットが不思議に思って訊ねると、ノーマンは当たり前のように言った。

「二等船室以下の客は特等船室客用の場所に立ち入ってはいけないが、特等船室客はどこへでも行けるんだよ」

「ああ、なるほど。そうなのね」

合点がいってポンと手を打つと、ノーマンがニヤリとイタズラっぽい笑みを浮かべる。

「君もどうだい？　この後二人で、冒険に行ってみる？」

その誘いには心惹かれるものがある。子どもの時には、よく友達と一緒に「秘密の冒険」に出かけたものだ。実際には、入ってはいけないと言われていた教会の倉庫に忍び込んだり、街の中にある廃屋に忍び込んだりといった、他愛のない行動だったけれど、子どもにとっては大冒険に思えたものだ。

思わず頷きそうになったハリエットは、目の前がスッと暗くなったことで我に返った。

「貴様、その口を縫《ぬ》い止められたくなくば、黙っていることだな」

ノーマンとハリエットの間に割り込むようにして入ってきた巨体は、もちろんアーヴィングだ。こめかみには青筋が浮いていて、彼が相当頭に来ていることが見てとれた。

（し、しまった……！　これはまずいわ！）

ノーマンの話で昔を思い出して、懐かしさからすっかり夢中になってしまったが、この状況だけ見れば、ノーマンが人妻であるハリエットを、夫の目の前で誑《たぶら》かそうとしているように見えるだろう。

（そ、そうじゃないの！　そんなことはありえないのよ！）

ハリエットは心の中で言い訳をしながら、焦ってアーヴィングの腕に手を置いてそっと押さえる。

「アーヴィング、ノーマンは昔のように私を遊びに誘っているだけで、別に他意があるわけではないのです」

囁くように説得したが、アーヴィングはノーマンを睨みつけたまま身動ぎもしない。

さながら敵に牙を剝いた肉食獣だ。

（これはダメだわ……。ひとまずノーマンから離れなくては……！）

緊迫した雰囲気の中、ハリエットは席を立ってアーヴィングの肘に腕を絡めた。

ノーマンは黙ったままこちらを見ていた。

どこか挑戦的なその目に違和感を覚えたけれど、それが具体的になんなのかを確認する余裕はなく、ハリエットは幼馴染に言った。

「ノーマン、悪いけれど、あなたのお誘いはお断りします。私はもう子どもの頃のままではないわ。今の私は彼の妻、ヴィンター侯爵夫人なの。誤解されるような真似はできないし、するつもりもない。だから、そのコサージュは受け取れないわ。ごめんなさい」

早口で断りの文句を言い切ると、今にもノーマンの首を絞めそうなアーヴィングを連れて踵を返す。

　立ち去る間際、背後から揶揄《やゆ》するような声が聞こえた。

「君も結局お貴族様だったってわけだな、ハリエット！」

　その明らかな挑発にアーヴィングが動こうとするのを、ハリエットは腕にしがみつくことで止める。

「私のために、どうか抑えてください。お願いです、アーヴィング」

　祈るように囁くと、強張っていた夫の腕から力が抜ける。

　それにホッとして、ハリエットは前を向いたまま歩を進めた。

　カフェを出ても、ノーマンを振り返ることはしなかった。

＊＊＊

　ハリエットと共にカフェを出た後も、アーヴィングは怒りが収まらなかった。

（なんだあいつは……私の妻にあれほど馴れ馴れしい態度を取るなんて！）

　幼馴染だかなんだか知らんが、仮にも人の妻となった女性にプレゼントをしたり、二人きりで会おうとするなど、紳士の風上にも置けない。しかもそれを夫である自分の目の前でやるとは、どう考えてもこちらを挑発しているとしか思えない。

(問題はそこだ)

アーヴィングは腹を立てつつも、冷えた思考で考える。

ノーマンは明らかにアーヴィングを挑発していた。

その理由はなんなのか。

(理由が分からないからこそ、不気味だ)

そもそも貴族制度のあるこの国で、平民であるノーマンが大貴族であるアーヴィングに喧嘩を売る利点など皆無と言っていい。王妃の従甥で侯爵位を持ち、この国の役職にも就いているアーヴィングは、やろうと思えば無実の平民の首を落とすことくらいわけのないことだ。もちろんしないが。……多分。

決して良いことではないが、平民よりも貴族が優遇されている社会で、あそこまであからさまにアーヴィングに喧嘩を売るのだから、なんらかの理由があるはずだ。

(……それが、ハリエットだとしても、どうにも愚かすぎる選択だ)

仮にノーマンがハリエットを愛していて、彼女をアーヴィングから奪おうとしているのだとしても、アーヴィングを挑発したところで勝算はほとんどない。

ハリエットは法的にアーヴィングの妻であり、それを奪えばノーマンが法的に裁かれるだけで、ハリエットを得られるわけではない。大体、ハリエットがノーマンを愛しているわけでもない。

アーヴィングはハリエットのことを信頼している。

彼女は母親を撃ち殺そうと猟銃を構えるアーヴィングに、命がけで体当たりして止めてくれた。いつだってアーヴィングに正しい道を示してくれる人なのだから。

そして一緒に幸せになろうと言ってくれて、可愛いジョーダンを産んでくれた。

アーヴィング同様に彼女も息子を溺愛しており、夫や息子を裏切るような真似ができる人ではない。ハリエットを疑う心は、一欠片だって持っていない。

だからこそ余計に、ノーマンの行動が不可解なのだ。

ノーマンはハリエットの心を得ようとしているようには見えない。

どちらかというと、アーヴィングを煽るための行動に見えるのだ。

(それに……最初に会った時のあの目つき……)

アーヴィングの眼差しを正面から受けて、睨み返してきたあの眼差しが、脳裏にこびりついて離れなかった。

恐れのない眼差しだった。あれはただの平民ができる目ではない。

(貴族を恐れない平民……つまりは、この国の法に縛られない者の目だ)

アーヴィングがこれまで出会ってきた犯罪者たちが、あれと同じ目をしていた。

(だが確信がない。目つきだけで犯罪者だと断定はできない)

ノーマンの目的は分からない。犯罪者であるという確証もない。

（だが警戒は怠ってはならない）

犯罪者かもしれない男と、この船が目的地に到着するまで一週間は同じ場所にいなければならない。その上アーヴィングは丸腰同然で、いつものように援軍を呼ぶこともできないのだから。

（予定ではこのオデュッセウス号は、三日目にカタリナ港、五日目にゾワール港に寄港して、七日目にラリーランドのニュートランド港に到着か……）

寄港先でなんらかの行動に出てもおかしくない。

（とにかく、ハリエットを守らなくては……！）

部屋に戻ると、アーヴィングは険しい表情のまま、彼女の方を向いた。

「ハリエット、あの男には近づいてはいけない」

するとハリエットは悲しそうな眼差しでこちらを見上げてくる。

「あの、アーヴィング。……その、ノーマンは平民で、貴族のしきたりや礼儀作法を知らないのです。どうか大目に見てやってください」

アーヴィングは目が点になった。

一瞬何を言われているのか分からなかったくらいだ。

（平民……？　貴族のしきたりや礼儀作法？）

いやそれよりも、ハリエットがノーマンの肩を持っているかのように言ったことが、ひどくアーヴィングを打ちのめした。

「……私は貴族とか平民とかそういう話をしているのではないのですが……」

「ええ、分かっています。アーヴィングはそんなことで人を差別したりしないって」

「だったら――」

「でも、ノーマンは違うんです！」

アーヴィングが話を戻そうとするが、それに被せるようにしてハリエットが言葉を紡ぐ。

「ノーマンは……平民は、違うんです。貴族制度を喜んで受け入れている平民なんかいない。彼らは身分による差別を疎ましく思っていて、貴族を糾弾する機会を窺っているんです。そりゃそうですよね。だって、生まれが貴族だったからってだけで、着る物も食べる物も住む所だって全然違う。貴族はその日の食べ物がなくてひもじい思いをしたことなんてないんだから。ずるいって、どうして貴族ばっかりがって思ってしまう……その気持ちが、私は痛いほど分かるんです……」

言い募るハリエットを、アーヴィングは痛ましい気持ちで見つめた。

飢えた経験がある者の言葉だったからだ。

彼女は男爵家の令嬢だが、育児放棄した父親のせいで、平民に混じって生きてきた。飢えた子どもに街の人たちが手を差し伸べたから、彼女は生き延びることができたのだ。彼女を育てたのは、街の大人たちだ。だから、彼女が育ての親である平民に同情するのも当然だろう。

　幼いハリエットを飢えさせた義父を張り倒してやりたい気持ちと、彼女の故郷の街の優しい人々に感謝する気持ちとが湧き起こったが、アーヴィングは「イヤイヤ」と心の中で首を横に振った。

（今の論点はそこじゃないんだ、ハリエット……）

　ノーマンが平民だとか、貴族の礼儀を知らないとか、そんな話をしているわけではない。アーヴィングはノーマンが危険だから近づくなと言いたいのだ。

「あー、その。ハリエット、私が言わんとしているのは……」

「多分、アーヴィングは、今、ちょっと冷静ではないと思うんです」

　説明しようとするのに、ハリエットはまるでアーヴィングに話をさせてはならないとばかりに、更に言い募った。

「いや、ハリエット……」

　これは困った。どうしたものか、と悩んでいると、白い手袋をした手がぎゅっとアーヴィングの手を握り締めてくる。

「一つこれだけは信じてほしいのです！　ノーマンは私が好きなわけではないんです！　それは絶対なの！　アーヴィングに無礼な態度を取るのは、礼儀を知らないだけなんです！　本当なんです！」

そのあまりの必死さに、アーヴィングは唖然としてしまう。

なぜこんなにあの男を擁護しようとするのだろうか。

(確かに、あの男の挑発している相手はハリエットというよりは、私だったように感じたが……。こんなふうに一生懸命説得されると……)

まるでハリエットとノーマンの間に何かあるみたいではないか。

(何かとは何だ!? 何もないに決まっているだろう！)

妻をチラリとでも疑いそうになった自分を、アーヴィングは頭の中でビンタすることで妙な妄想を止めた。

「な、なぜそんなに彼を庇おうと……？」

止めたはずなのに、口が勝手に動いて妻を問い質してしまい、ハッとなったが時すでに遅し。

ハリエットはムッとしたように唇を尖らせた。

不貞を疑われたと思ったのだろう。

「言っておきますが、ノーマンが好きとかそういうのではないですよ？」

「それは分かっていますが……」

分かっているのだ。分かっているが、じゃあなぜそんなに彼を庇うのだ、と言いたいだけなのだ。

「アーヴィングこそ、ノーマンを目の敵《かたき》にしすぎだと思うのです」

「な……!?」

まさかの反論に、アーヴィングは目を剝いてしまう。いや、まさかというより、痛いところを突かれたというべきか。だが妻に親しげに近づいてくる男を、目の敵にして何が悪いとも思ってしまう。

「だってうちのお邸の皆さんには、もっと優しいじゃないですか。無表情でも、怒ったりはなさらないでしょう？」

「それは彼らが私が怒るような真似をしないからであって……」

「ノーマンだって、怒らせようとしているわけじゃないです。ただ礼儀知らずなだけで……」

（そんなバカな。あれは完全に私を怒らせようとしていた！）

そう言いたかったが、今のやり取りの中で言ったところで、ハリエットには嫉妬に狂った夫にしか見えないだろう。

（い、いや、確かに、嫉妬しなかったわけではないが！）

ノーマンとハリエットが親しげに話をしているのを見て、ムカムカしていたのは事実だ。だから何を言っても言い訳にしか聞こえないだろうと思い、アーヴィングはグッと奥歯を嚙んで言葉を吞み込んだ。

「……もうこの話はやめましょう。せっかくの船旅なのだから、楽しんだ方がいいと思うのです」

アーヴィングの言葉に、ハリエットはため息をついた。

「……そうですね。そうしましょう」

「明日にはカタリナ港に到着します。丸一日は留まるようですから、カタリナの街を散策しましょう。あそこは蟹《かに》や海老《えび》といったシーフードが有名です」

「素敵ですね。楽しみましょう」

なんとかいつもの会話に戻したものの、雰囲気はぎこちないままだ。

（……こんなはずではなかったのに……）

夫婦水入らずの蜜月旅行になるはずだった。

それがどうしてこんな喧嘩になっているのか。

心の底からため息をつきたくなったアーヴィングだったが、グッと顎を引いてそれを堪えた。

（そんなことを考えている暇はない。やらねばならないことがあるだろう）

自分を叱咤しながら、アーヴィングは気持ちを入れ替えたのだった。

＊＊＊

ハリエットはクロちゃんと共にベッドに座っていた。

「今眠って目を覚ましたら、もうカタリナ港に着いているんですって。なんだか不思議ね、クロちゃん」

毛むくじゃらな小さな頭をヨシヨシしながら語りかけると、クロちゃんは返事をするように「キッ」と鳴いた。その可愛らしさに、ハリエットの目が細まる。

「クロちゃんは良い子ね！　お船に乗っても酔わないし、元気いっぱい！」

ヨーシヨシヨシ、と言いながら顎の下を掻いてやると、気持ち良さそうに頭を反らすのがまた堪らない。こちらを全面的に信用して身を委ねられると、庇護欲が非常に刺激されてしまうものである。

結局顎の下だけでなく、クロちゃんの小さな全身をくまなくマッサージしたハリエットは、フウフウと息を吐きながらグルーミングを終えた。

「ああ、今日も可愛い、クロちゃん……！」

満足げにため息をつくと、クロちゃんにご褒美のドライフルーツをあげる。今日はアプリコットだから、丸ごと一つは多いので、半分に千切って片方を小さな手に渡し、もう片方を自分の口に放り込む。

「うん。美味しい！」

弾力のある歯応えと、ドライフルーツ独特の濃厚な甘酸っぱさに、ニコニコと笑みが漏れた。今日の夕食のデザートはお菓子ではなく果物だったので、甘党のハリエットはちょっと物足りなかったのだ。

「それにしてもアーヴィング、どこへ行ったのかしら?」

ノーマンのことで夫婦喧嘩もどきをしてから、アーヴィングとはギクシャクしたままだ。彼はノーマンの無礼を許すとは言ってくれたけれど、ハリエットが一人でこの船室を出ることを禁じてしまった。

『私と一緒の時以外は、部屋の外に出ないでください』

そう言い置くと、彼は何か用事があるとかで、夕食をとった後、部屋を出て行ってから未だ戻ってきていない。

「部屋から出るなって……ひどくないかしら? ねえ、クロちゃん」

まるで小さな子どものようではないか。

アーヴィングはディナーもレストランではなくルームサービスを取った。口には出さなかったが、おそらくノーマンと自分を会わせないようにするためだ。ハリエットも分かっていたが、要らぬ疑惑を持たれないように黙って頷いたのだが、レストランで食べられないのは少し惜しい気がしていた。

「ルームサービスのお料理もとっても美味しかったけどね……」

ナイトドレスでお洒落した格好をアーヴィングに見てもらいたかったし、二人でのディナーも楽しみだったのに。

ハリエットはぶつぶつ言いながら、クロちゃんがアプリコットを食べる様子を眺めた。小さな両手でドライフルーツを持って、もっちゅもっちゅと食べている姿は、それだけで心が癒やされる。可愛い動物万歳。

「いくらノーマンに会わせたくないからって、ちょっとやりすぎな気がする……。ねえ、クロちゃん、どう思う？」

訊いてみたが、クロちゃんはハリエットの視線に不思議そうに首を捻るだけだ。

（……まあ、私だって、アーヴィングが信じてくれていないなんて思ってはいないけれど……）

自分がアーヴィングを信じているように、アーヴィングもまた自分を信じてくれていると分かっている。

アーヴィングとハリエットは互いの幼少期の苦難と葛藤と、互いの歪んだ部分も知り尽くしている。その上で、共に生きて幸せになることを選んだのだ。そして愛の結晶であるジョーダンも生まれた。恋人として、夫として、妻として、そして親としての、確固たる絆があるのだ。

たかだか幼馴染が現れたくらいで、揺らぐような愛情ではない。

それは、二人とも十分すぎるほど理解している。

「でも、アーヴィングの言いたいことも分かるのよね」

立場が逆になったことを想像してみればいいのだ。

どれだけ信じていたとしても、アーヴィングの幼馴染という女性が現れて、アーヴィングと親しげに話をしていれば、ハリエットとて平常心ではいられない。

今想像するだけでムカムカとしたものが胸に込み上げてくるのに、実際目の当たりにすれば、きっとものすごく気分の悪いものだろう。

「私の知らないアーヴィングを知っているというだけで、変な劣等感みたいなものを抱いてしまうわ。不思議ね……」

アーヴィングはそれに耐えてくれたのだと思うと、申し訳ない気持ちになってくる。

だが、ハリエットにはノーマンを気にかける理由があった。

脳裏をよぎるのは、羊小屋に隠れていた少年の泣き顔だ。

『……言わないで、ハリエット。お願いだ。このことは、誰にも言わないで』

教会に集う子どもたちの中では年長で、いつも皆を纏める役だった少年の、涙の絡む哀願に、今でもハリエットの胸が小さく軋む。

ハリエットはノーマンの秘密を覗いてしまった。

けれどそれは本当に偶然の出来事で、彼が望んでハリエットに打ち明けたわけではなかった。ハリエットに知られたノーマンは、ひどく狼狽えて泣いたのだ。二つ年上の男の子の涙に、ハリエットもひどく動揺して、彼の秘密を暴いてしまったことに罪悪感を抱いたのが心に強く残っていた。

（……ノーマンは、きっと誰にも知られたくなかったでしょうに……）

苦しげに泣くノーマンが可哀相で、なんとかしてあげたいと思った。だからハリエットは、ノーマンに冷たくなり切れないのだ。

（……でもそれが、アーヴィングを苛立たせてしまっているのよね……）

自分にとって何が大切なのかと問われれば、それはもちろんアーヴィングだ。ハリエットの最愛の夫と、最愛の息子。それからクロちゃん。これらに勝る宝物はない。

（やっぱり、次にノーマンに会ったら、きっぱり言わなくちゃ）

自分たちは昔とはもう立場が違うのだから、親しい付き合いはするべきではないと。

そう決心していると、遠くの方からノックの音が聞こえた。寝室のドアを越えた、リビングルームのドアからだろう。

使用人の二人には、もう各自の部屋に戻ってもらっていた。入浴がまだだったけれど、アーヴィングが戻ってきたらまた二人で入ろうと思っていたのだ。……仲直りができるかもしれないと思って。

（……アーヴィングかしら？）

だが彼なら鍵を持っているはずだ。鍵を忘れたのだろうか。

今この船室には自分とクロちゃんしかいない。ハリエットは夜着の上からガウンを羽織ると、リビングのドアへと向かおうとした。だがその途中でサイドボードに置いてあった物が目に入り、それを手に取る。

（……あ、そうだ。これを持っておかなくちゃ……）

アーヴィングが部屋を出る前に「緊急時に備えて、常備しておくように」と言っていたのだ。

（まあ、杞憂《きゆう》だと思うけれど……アーヴィングったら、本当に心配性だわ）

とはいえ、そこまで心配されているのだから、慎重になった方がいいだろう。

万が一アーヴィングでなかった時に備え、ドアは開かないまま、誰何の声を上げる。

「はい。どなた？」

「僕だよ、ハリエット。ノーマンだ。ちょっといいかな？」

ドア越しにくぐもった声が聞こえて、ハリエットは目を見開いた。

第四章　騒乱

　アーヴィングは簡素な作りの椅子に腰掛け、目の前に座る髭面の壮年の男を見据えた。

　青い制服を身につけ、緊張した面持ちで向かいの椅子に座るのは、このオデュッセウス号の船長である。突然操舵室《ブリッジ》に乗り込んできた特等船室客に驚いた様子で、しきりと汗を拭っている。

　アーヴィングは周囲に威圧感を与えるらしく、初対面の人間は大抵似たような態度になる。意図しているわけではないのだが、申し訳ない。

「そ、それで……ヴィンター侯爵様が、私に何のご用でしょうか……？」

　おそるおそるといったように問われ、アーヴィングは単刀直入に言った。

「この船の乗客の身元を調べてもらいたい」

　すると船長は困ったように髭を触る。

「身元……ですか。確かに、お客様には乗船前に身元証明書を提出していただいています。いやしかし、大切なお客様の情報ですし、オーナーの意向を確認しなければ……」

「これは私個人の頼みではない。ＣＣＡＨＵの長官としての依頼だと思ってくれ」

「えっ……!?　ＣＣＡＨＵ……って、あの、政府の!?」

どうやら船長はＣＣＡＨＵの存在を知っていたようで、アーヴィングは内心ホッとする。

そこからの説明となると、ＣＣＡＨＵの存在を証明することから始めなくてはならず、既に大海のど真ん中にいる現状ではなかなか難儀である。

創設が比較的最近であることと、大々的に活動しているわけではないことから、ＣＣＡＨＵは政府機関であるにもかかわらず一般人にはあまり知れ渡っていない。

とはいえ、人身売買は海を越えて行われることが多く、船乗りにとっては無関係の犯罪ではない。この大型蒸気船の船長が知っていても当然と言えるだろう。

「で、では、閣下は……」

「長官を務めている」

アーヴィングは上着に付けている金色の襟章を見せる。彫り込まれた意匠は、古代の神話に出てくるモーリュの葉だ。魔を退けると言われており、対犯罪組織の象徴として相応しいと、王がＣＣＡＨＵのシンボルマークと定めたものだ。そしてこの国では黄金は、組織の長を意味することが多い。

証拠を見せられて納得したのか、船長が震えるようなため息をついた。

「そ、そうだったのですね……。かの機関の長官は、名のある貴族がやっていらっしゃると噂では聞いたのですが、それが閣下だとは……」

「……恨みを買いやすい仕事だ。陛下が配慮してくださっている」

「はあ、なるほど。そうだったのですね……」

船長はまた汗を拭きつつのんびりとした口調で言った。

なんともぼんやりな反応に、アーヴィングは内心苛立ちながら話を進めた。

（対犯罪組織の長官としての頼みと言っているのだが……）

犯罪絡みのことが起きている可能性があると察知できそうなものだが、犯罪に無縁の生活を送っていれば、こんなものなのかもしれない。

「それで、乗客の身元なんだが……」

アーヴィングが切り出すと、船長はまだ難色を示す。

「はあ……そう仰いましても、当船は一度の航海で一千人以上のお客様を乗せるのです。全員の身元を確認するのは少々骨が折れると言いますか……」

面倒くさいと思っているのが丸分かりの対応に、アーヴィングの眼差しが鋭くなる。

仕事を増やされるのが嫌なのだろう。先ほどはこちらの身分を知って怯えるような態度を見せたくせに、今度は面倒くさがるのだから、この船長は気が小さいのか大きいのか分からない。

「乗船客全員を調べろとは言っていない。怪しい者がいるので調べたいと言っているのだ」

「で、ですが……」

まだゴニョゴニョと言い続ける船長に、アーヴィングは我慢の限界に達した。

フーッと細く息を吐き出して目を閉じ、「いい加減にしろ」と唸るような声を出す。

「……は？　今何とおっしゃいました？」

アーヴィングの声が聞き取れなかったのか、船長がポカンとした表情で首を捻る。

その瞬間、アーヴィングがカッと目を開いた。

氷のような鋭い眼力に、船長がヒュッと息を呑む。

「いい加減にしろと言ったのだ。私は勅令を受けてこの地位に就いている。すなわち私の命令は陛下の命令だ！　ぐだぐだ吐《ぬ》かしていないで、乗船客の身元証明の資料をここへ持って来い！　今すぐだ！」

がなりたてると、船長は「ヒィッ」と悲鳴を上げて立ち上がり、「資料を取ってまいります！」と叫んで操舵室を飛び出して行った。

「では、彼がノーマン・モローであることは間違いないのだな」

アーヴィングは船長の持ってきた書類を見ながら呟いた。

先ほど怒鳴ったのが効いたのか、船長がビクビクしながら頷く。

「我々が受け取った書類上は、間違いないようです」

「書類上は、か……」

「ええ。書類が偽装されているかどうかは、我々の管轄外になりますので」

「ふむ。まあ、そもそもこの船は商用船だからな……出入国管理は法務局の仕事だ」

法務局の審査はかなり慎重なものになる。それを掻い潜ったとなれば、ノーマンはかなりの手練《てだれ》ということになる。

（……あるいは、彼が本物のノーマン・モローだということか……）

ハリエットは目の脇の傷を見て本物だと疑っていないようだったが、傷跡など容易く偽造できる。血や滲出液《しんしゅつ》が滲んでいるような生傷ならば難しいが、すでに瘢痕《はんこん》化したものは合成ケイ素と着色料でそっくりに再現できるのだ。

だから本物ではない可能性もあると思い、手っ取り早く乗船客の身元証明書を調べてみようと考えたのだ。

「その通りです。ですが、その……つまり閣下は彼がノーマン・モローではないとお考えですか？」

船長の問いに、アーヴィングは書類をバサリとテーブルの上に置く。

「分からん。……だが、妙に気になる」

「はあ、気になる、ですか…」

ポリポリと頭を掻く船長の顔には「やれやれ」と書かれてある。実に分かりやすい男である。「そんな曖昧な理由で面倒なことをさせられて、いい迷惑だ」とでも思っているのだろう。

(……まあ、気持ちは分かるが)

アーヴィングも彼の立場ならそう思っただろう。

だが、あのノーマン・モローという男に対しては、例の第六感が騒いで仕方ない。

(思えばあの男に関しては、最初から勘が警鐘を鳴らしていた)

ハリエットと望遠鏡を覗こうとデッキへ行った時に感じた、あの妙な視線。あれもノーマンと出会う直前のことだった。職業病だと思い込むことで忘れようとしたが、あれもノーマンの視線だったのではないだろうか。

その後の接触で受けた印象でも、やはり妙な感じは拭えなかった。十数年ぶりに出会ったにしてはスムーズすぎるやり取りにも首を傾げるものがあったし、ハリエットが船酔いした際に遭遇したのも、引っかかる話だ。一つの街といってもいいほどの大きさがあるこの船で、そう何度も偶然出会うことがあるだろうか。

(だがあの男が我々の行動を見張っていたのならば可能だろう)

具合の悪いハリエットを心配してみせながらも、明らかにアーヴィングを挑発するような言動だった。

（一つひとつの違和感は些細だが、こうも数が多いのであれば、それはやはり異変だ）

ノーマンは間違いなく何かを企んでいる。

そしてそれは、アーヴィングに関わることなのだろう。

（CCAHU絡みのことであれば、間違いなく犯罪絡みだ。早急に事態を解明しなくては……）

この船旅の日程は七日間。その間に何かを起こすのではないかとアーヴィングは踏んでいた。最愛の妻がこの船に乗っているのだ。彼女を危険な目に遭わせるわけにはいかない。ノーマンが何か起こしてしまう前に、取り締まってしまいたい。

（だが、捕らえようにも証拠がない……）

無罪の人間を拘束する権利は、アーヴィングにもない。仮にも政府機関の長が渡航中に無実の人間を拘束したとなれば、間違いなく国際的な醜聞となるだろう。

（とはいえ、ハリエットを危険に晒すよりはいい。いっそさっさと捕縛する方がいいかもしれない。薬でも嗅がせて寄港先に到着するまで昏倒させておけば安心だな。カタリナまで後数時間だし……）

そんな物騒ことを考えながら、一応船長に訊ねてみた。

「……では、ノーマン以外のことで何か変わったことはなかったか？」

「ああ、そういえば、ボイラー室の作業員が十名、腹を壊したか何かで倒れましてね」

その答えに、アーヴィングの眉がぴくりと跳ね上がる。

「ボイラー室の作業員が？」

「ええ。まあ、ここだけの話、あまり労働環境が良いとは言えませんので、そういうこともあるのですが……。とはいえ、一度に十人もとなると、シフトに無理が出てしまうと苦情が来ていました」

ガタン、とアーヴィングが椅子から立ち上がる。

その唐突な行動に、船長が驚いて仰け反った。

「作業員は何人いるんだ」

訊ねるアーヴィングの緊迫した声色に、さすがの船長も何かを察したのか、焦ったような表情になる。

「え、ええと……、百八十人ほどが二十四時間体制で……。なにしろ、ボイラー室だけで六つありますので……」

「百八十人なら十人いれば統率できる！　銃で脅せばわけないことだ！」

「え!?」

統率だの銃だのといった言葉に、船長が仰天して青ざめた。

「その十名は仮病だ！　おそらく今仲間と合流し、指示を仰いで、ボイラー室を占拠する気だ！　急げ！　武器はあるか!?」

「そ、そんな、待ってください、そんなばかな……」

アワワと狼狽える初老の男に、アーヴィングは鞭を打つように叫ぶ。

「私は過去人身売買の被害者を詰め込んだ蒸気船を何隻も摘発してきた！　中には海上で組織の連中に船を奪われた例もあった！　同じ手口だ！　急げ！」

「は、はい！」

（急がなければ！　この船はジャックされかけている！）

客室に残してきた愛する妻の顔が脳裏に浮かんだが、今はシー・ジャックを食い止めることが最優先だ。それが彼女の安全を確保することになるのだから。

（ハリエット、どうか部屋を出ないでくれ……！）

部屋から出るなと言っておいたから大丈夫だ、と思いながらも、なぜか一抹の不安が胸に残った。だがそれを振り切るように、アーヴィングは駆け出したのだった。

＊＊＊

突然の訪問者に、ハリエットは大いに混乱していた。

「ノーマン!?　待って、部屋に入れるわけにはいかないわ！」

なぜこんな所まで来たのだろう。

いや、それよりもなぜハリエット達がこの部屋にいると知っているのか。

「部屋には入らないよ。でも、ちょっと顔を見せてくれないかな？　頼み事があってさ」

「頼み事？」

「ああ。君には貸しがあっただろう？　僕は目の脇を怪我してまで君を助けてやったじゃないか」

そう言われると、グッと言葉に詰まってしまった。

確かにノーマンは木から落ちたハリエットを救うために、目の脇に大きな怪我をした。あの時の悪夢のような光景が目の裏に蘇って、ハリエットは口元に手を当てる。たくさん血が出て、彼が死んでしまうのではないかと怖くなった。泣きながら『ごめんなさい』と謝ると、ノーマンは笑って『貸し一つだな、ハリエット』と言ったのだ。

その後、他の子たちが神父様を連れてきてくれて、ノーマンは病院へと運ばれた。幸いにして怪我は大したことはなかったが、傷跡は一生残るだろうと言われた。

その後も、ハリエットはノーマンの傷跡を見るたびに胸が痛んだ。

その痛みは、今も健在のようだ。あの時のことを持ち出されれば、罪悪感で胸がシクシクと痛む。借りを返さないわけにはいかない。

仕方なくドアを少しだけ開くと、そこにはラフな格好をしたノーマンが立っているのが見えた。まるで下町の市民のような格好だ。

「やあ、ハリエット。こんばんは！」

ノーマンはニコニコと上機嫌だったが、こちらはとてもじゃないが機嫌良くとはいかない。ハリエットは眉間に皺が寄っているのが分かっていたが、それを改めることなく口を開く。

「ノーマン、なんのご用？　あの、困るわ。こんなところにまで押しかけられたら……」

するとハリエットの言葉の続きを引き取るように、ノーマンが意地悪く言った。

「あの嫉妬深い侯爵様に怒られる？」

「ノーマン。私の夫の悪口はやめて」

ピシャリと言うと、ノーマンは肩を竦める。

「なんだ。てっきりあの男に虐《しいた》げられているのかと思ったのに」

「なんですって？」

聞き捨てならない台詞に、ハリエットは眉を吊り上げた。

自分がどう思われても構わないが、アーヴィングを悪く言われるのは許せない。

「夫がそんなことをするわけないじゃない！　大体、あなたは彼のことなんか何も知らないでしょう！　いい加減な憶測で夫を貶めるなら、私が許さないわよ！」

顔色を変えて怒り出すハリエットに、ノーマンはすぐに両手を上げて「ごめんごめん」と謝った。

「悪かったよ、そんなに怒らないでくれ。侯爵様と結婚したなんて言うから、心配になって、つい……」

貴族を傲慢で鼻持ちならない人間だと思っている平民は多い。そのためハリエットは怒りを抑えることにした。

深いため息をつくと、ドアの隙間からノーマンを見据える。

「……それで、なんの用なの？」

「ああ、そうだった。ねえ、今から一緒に、二等船室まで行けないかな？」

どうやら昼間のカフェでの誘いを、まだ諦めていなかったらしい。

「ええ？　そんなこと無理に決まっているでしょう。昼間断ったはずよ」

ハリエットが迷いなく断ると、ノーマンは神に祈るように顔の前で両手を組んだ。

「お願いだ。実は、二等船室には僕の母親が泊まっているんだよ」

「えっ、おばさんが？」

ノーマンの母親の顔を思い出して、懐かしい気持ちが胸に溢れた。優しくて料理のうまい女性で、お腹を空かせたハリエットに、「お食べ」とビスケットを手渡してくれたこともあった。こんな人がお母さんだったら、とノーマンを羨ましく思ったものだ。

「そう。見栄を張って一枚は特等船室のチケットを取ったけど、二枚は無理だった。母に特等船室を体験させてあげたかったんだけど、お貴族様しかいないような場所に一人で行けないって断られちゃってね」

「ああ……」

あのおばさんならそう言いそうだ、とハリエットは納得してしまう。

「それで、君がこの船に乗っているって言ったら、すごく会いたがっているんだよ。ねえ、会ってやってくれないか？　母は特等船室には来られないからさ」

「……」

どうしよう、とハリエットは躊躇した。記憶の中のノーマンの母親の優しい笑顔にほだされそうになったが、すぐにキッと顔を上げた。

（ダメよ、ハリエット。一番大切なものは何か、さっき自分で確認したでしょう？）

一番大切なのは、最愛の家族、アーヴィングとジョーダンだ。ノーマンでも、その母親でもない。

「いいえ。私は行かないわ」

「ええ？　そんなこと言わずに、頼むよ、ハリエット」

「無理よ。行けないわ」

断固として断っていると、ノーマンがそれまで浮かべていた笑みをスッと引っ込めた。

その真顔が妙に迫力があって、ハリエットは思わず息を呑む。

「あー……もう、めんどくせぇなぁ」

粗雑な物言いに、全身に緊張が走った。

（……え、何……？）

本能で危険を察知し、咄嗟にドアを閉めようと手を動かしたが、閉まる寸前に黒い革靴がドアの隙間に入り込んできた。がつん、とドアを握る手に衝撃が伝わり、ハリエットの全身から冷や汗が噴き出る。その焦りは、ノーマンの靴を挟んでしまったことに対してではない。目の前の男が、自分に害をなそうとしているのだと確信したからだ。

「……！」

「おいおい、幼馴染を締め出すなんてそんな薄情な真似しないでくれよ、ハリエット」

ノーマンの口調は、これまでの友好的なものではなくなっている。

挟み込んだ足を使ってドアをこじ開けようとする力に対抗し、ハリエットは全身を使って必死にドアを閉めようとするが、なかなか上手くいかない。

ドアの隙間からノーマンがせせら笑うような声で言った。

「それにしても、君が結婚しているなんてねェ」

「私っ、が、結婚していたら、おかしい!?　もう、いい歳なんだけど！　子どもだって、いるのよ！」

拮抗する力は、少しでも手を抜けば簡単に破られるのが分かる。全体重をかけてドアを押さえながら言い返すと、ノーマンがヘラヘラとした声で笑った。

「いやぁ。だって、もし僕があのまま引っ越さずにいたら、君と結婚していた未来だってあったわけだろう？　なんだか不思議でさ……」

その言葉を聞いて、ハリエットはギョッとして動きを止める。

ノーマンはその隙を突き、蹴破るように内側へ一気に足を入り込ませてきた。バン、と大きな音を立ててドアが大きく開いた。

「はぁ、これでやっと話ができるなぁ、ハリエット」

ゴキゴキと首を回しながら、ノーマンが部屋の中にゆっくりと一歩足を踏み入れる。

遠くの方でクロちゃんが鳴く声が聞こえた。

（上手く隠れて、クロちゃん……！）

こんなことならアーヴィングに付いて行かせるのだった、と後悔しつつも、ハリエットは侵入者から目を離さず、距離を取るために後退りをしながら言った。

「……あなた、何を言ってるの？　ノーマン」

顔を引き攣らせたハリエットに、ノーマンが誘いかけるように両手を広げて続ける。

「……君も、薄々わかっていただろう？　僕は君が好きだったんだ。だから木から落ちた君を助けたんだよ。ねえ、今からでも遅くない。僕と一緒に来ないか、ハリエット。君には侯爵夫人なんて似合わないよ。君は僕らと同じように、自由に気楽にやっている方が似合ってる。僕と結婚しよう。あの貴族の男なんかより、幸せにするよ」

甘い声色で言うノーマンを、ハリエットは黙ったまま見つめていたが、やがて目を眇《すが》めて持っていた拳銃の銃口を彼へ向けた。

「あなた、ノーマンじゃないのね」

「……おいおい、穏やかじゃないね。なんて物を持ってるんだ」

さすがに女性が拳銃を持っているとは思わなかったのだろう。ノーマンは少々怯んだように顎を引いて何か言っていたが、ハリエットはそれを無視して言葉を続けた。

「ノーマンはそんなこと、絶対に言わない。ノーマンが好きだったのは私じゃないし、私と結婚したいだなんてありえないのよ」

「どうしてさ？　僕が貴族じゃないから？」

皮肉げに顔を歪めるノーマンに、ハリエットは冷笑する。

「……その答えがもう、あなたがノーマンじゃないって証拠よ」

ノーマンの流した涙は、悲しく、美しかった。

『僕は、神父様を愛しているんだ。おかしいと思うかい？　僕は男なのに、同じ男性を愛しているなんて……』

ノーマンが握っていたのは、神父様のハンカチだった。それにキスをしながら泣いているところを、ハリエットは目撃してしまったのだ。

（ノーマンは、女性を愛せない。だからあれほど苦しんでいたのよ）

だからノーマンがハリエットを好きだなんて、言うはずがないのだ。

「言いなさい。あなたは何者なの」

カチャリ、と引き金を引いて訊ねると、ノーマンがニヤリと笑った。

「撃てるのかい？　君のような華奢なレディが拳銃を使えるとは思えないが」

「撃てないと思う？」

ハリエットは挑発を挑発で返す。

こういう相手には怖がってはいけない。怯えを見せた途端、噛みついてくるだろう。

「お生憎《あいにく》様」

ハリエットは歌うように言って、グッと引き金を引いた。

バァン！　と強烈な破裂音が響き、男から一メートルほど離れた場所の壁が炸裂する。

「……っ」

ノーマンがさすがに頬を引き攣らせて、銃弾がめり込んだ壁を見た。

「ある怖い事件があってから、私の夫は護身術だと言って、私に銃の使い方を教え込んでくれたの。遠い的を狙うのは無理だけど、この距離ならあなたの脳天をぶち抜くくらい、私にもできるわ。さあ、言いなさい。あなたは何者で、何の目的で私に近づいたの!?」

ハリエットがもう一度引き金を引いて迫ると、ノーマンはため息をついて両手を上げた。

「……あ～あ、降参降参。銃を持ち出されちゃ勝ち目はない。騙し切れると思ったんだけどなァ」

そのセリフに、ハリエットはギュッと眉間を寄せる。

先ほどの発言で確信していたが、やはり騙されていたのか、と悔しい気持ちになった。

「じゃあ、やっぱりあなたは……」

「お察しの通り、俺はノーマン・モローじゃない。赤の他人だ。本物は五年前に結核で死んでる。結核だからな、一家全滅さ」

衝撃の事実を聞かされて、ハリエットは唇を噛む。

（……そんな、ノーマン……）

本物のノーマンとの思い出が走馬灯のように頭の中を流れていく。もう十年以上会っていなくて、この事件がなければ思い出しもしなかっただろうに、それでも記憶の中の友人が亡くなっていたと知って、深い悲哀が胸の中に広がった。

（あなたは、幸せだったのかしら……）

秘密を共有した時の、ノーマンの涙を思い出す。

死にたい、と彼は言った。心と身体がバラバラになりそうで、苦しいのだと。まだ子どもでしかない少年の口から吐き出される苦しみに、ハリエットはどうしようもなく同情した。ハリエットもまた、この世に生まれてしまったことが苦しくて辛くて、死んでしまいたいと思ったことがあったからだ。

（でも、私は神父様に……街のみんなに生かしてもらった）

ナサニエル神父に「生きてりゃなんとかなるさ」と言って抱き締めてもらえたから、生きて来られた。

（そして、アーヴィングに出会って、彼に恋をして、愛することができた。ジョーダンだって生まれてきてくれた。私は今、幸せだわ。だから……）

あの時泣いていた幼馴染の少年も、その短い人生のどこかで、幸福だと思うことがあったならいいと思う。

（……でも今は、ノーマンの死を悼《いた》んでいる場合じゃない……！）

ハリエットは悲しみに蓋をして、拳銃を持つ手に力を込めた。

「……じゃあノーマンのお母さんがここにいるっていうのも嘘ね？」

ノーマンになりすましていた男を睨んで問うと、男はせせら笑いを浮かべて首肯する。

「その通り。……はぁ、残念だよ。あんたの昔馴染みに片っ端から声をかけて、あんたの昔話を聞き出したりと、手間と時間がめちゃくちゃかかったのに、これでおじゃんだ」

「……呆れた。何もかも、全部嘘じゃない。何のためにこんな――」

なぜこの男はノーマンになりすまして自分に近づいてきたのか、それが分からずにハリエットは顔を顰める。改めて考えると本当に不気味だ。知り合いだと思っていた相手が、全くの別人だったのだから当然だが、その理由に全く見当がつかない。

（この男の顔に、全然見覚えがないわ……。父か、もしくは母に関係することで恨みでも買っていたとか……？）

母はほとんど記憶にないが、父はろくでもない人間だった。借金はアーヴィングが全て清算してくれたけれど、まだ他にも残っていたのかもしれない。

（……でも、お金が目的だったらこんな手の込んだことをする必要はないわ。侯爵邸にたかりにくればいいだけだもの。一体何が目的なの……？）

頭の中で様々な可能性を思い浮かべていたが、男の答えはそのいずれとも違った。

「あんたに近づくためさ。と言っても目的はあんたじゃない。あんたの夫を殺すために、俺はここにいる」

「アーヴィング？」

まさかの答えに、ハリエットはギョッとなった。

目的はてっきり自分に関することだと思っていた。

夫の名前に動揺した一瞬の隙を突いて、男が何かを投げつけてくる。

「きゃあっ！」

何か金属のような物が顔目掛けて飛んできて、ハリエットは思わず目を閉じてしまった。

その瞬間、ドカッと重い蹴りを肩に喰らい、床に叩きつけられるようにして横転する。

「うっ……！」

全身を床に打ち付け、痛い、と思った瞬間、側頭部にガツンと銃口を突きつけられた。

「はい、形勢逆転。淑女が無茶しちゃいけねぇなァ。じゃじゃ馬は鞭で打たれるって相場が決まってんだ」

身体の痛みと撃たれるかもしれないという恐怖で、頭の中が真っ白になりそうになるのを、ハリエットは奥歯を食いしばって堪える。

怯えている場合じゃない。この男はアーヴィングを殺すと言った。

(絶対に、させない……！)

愛する人を殺させてなるものか。そう思うと、腹の底から力が湧いてくる気がした。

ハリエットは深呼吸する。冷静にならなくては。男からできるだけ情報を引き出し、危機的状況の突破口を開く機会を作るのだ。

「……アーヴィングを殺して、あなたに何の得があるの？」

少し冷えた頭で考えれば、アーヴィングを殺して利を得る人間はあまりいない。

アーヴィングはＣＣＡＨＵの長官をしているが、これは期間限定の仕事だと言われている。なぜならば、ＣＣＡＨＵが他国へのアピールのために創設された王立機関だからだ。

大航海時代から数百年を経て、現在、大陸で奴隷制度への反対運動が高まっている。そのため奴隷制度を享受してきたこの国は、非難の対象になる可能性があったのだ。

『これまでずっと問題を放置してきたツケが回ってきて、焦ったのでしょうね。陛下が作ったつけ焼き刃の組織ですよ。何にも整っていないから、一から整備するのが本当に面倒で……ああ、どうせほとぼりが冷めたら解散するだろう組織なのに！　なぜ私がこんな尻拭いのような真似をさせられなければならないのか……！』

長官に就任した当初、アーヴィングが愚痴のように言っていたから間違いない。

（いずれ解体する組織の長になったところで、旨みはあまりないと考えるのが普通だわ。だからアーヴィングの席を狙っている人などいないはず……）

そしてヴィンター侯爵の地位だが、アーヴィングの嫡子であるジョーダンがすでに誕生している。となれば、遠縁の男子にその地位が回ってくる可能性は非常に低くなる。アーヴィングとジョーダン、高位貴族を二人も殺さなければ得られない地位を狙うのは、いささかリスクが大きいだろう。しかもアーヴィングは王から寵愛されている従甥だ。そんな人物を殺そうとする豪胆な貴族には、今のところ心当たりがなかった。

ＣＣＡＨＵ長官の地位、ヴィンター侯爵の地位という二つの点から考えて、金や権力などが目的の行動ではないのだろうと、ハリエットは推測した。

（なら残る一つは……）

恨みだ。

この男はおそらく、恨みによってアーヴィングを殺そうとしているのだ。

男は真顔でハリエットを眺め下ろしていたが、やがて「へっ」と浅い笑い声を放った。

「あんた、面白えなぁ。銃口頭に突きつけられてて、よく質問する気力があるな。男でもションベンちびるもんだぜェ？　怖くねぇの？」

コツコツ、と銃口で頭を小突かれ、ハリエットは顔を顰める。

下品な物言いに、力の弱い者を嘲るような態度――演技をしていたのだろうが、どうしてこんな男をノーマンだと思い込めたのだろう。先ほどまでの自分を問い詰めてやりたかった。

「……怖いわよ。でもあなたはそうやって私の頭を小突いても、引き金を引かない。なら私に使い道があるんでしょう？　だから殺さないのよ」

「――へえ。こりゃなかなか。あんた、悪くないね、ハリエット。俺ァ、女は強《したた》かな方が好きなんだ」

好き、と言われてゾッと全身が総毛立つ。この男にそんなことを言われても、気持ちが悪いだけだ。今はその言葉に笑顔を返すべきだと分かっていたが、生理的に無理だったハリエットは、盛大に嫌な顔をしてしまった。

「願い下げだわ！」

ついでにそんな悪態までついてしまったが、何がどうしてか、それが男のツボにハマったらしい。男は喜色を見せて上機嫌に笑った。

「ブッハ！　ますます良いねぇ！　ああ、本当に気に入った！　あんた、あんな悪魔みたいな男じゃなくて、俺と来いよ。侯爵様に引けを取らない暮らしをさせてやるぜ？　この船を降りる頃にゃ、俺は大金持ちになってるからな！」

（――この船を降りる頃？　お金？）

意味深な発言に、ハリエットは男を見つめた。

「金？　アーヴィングを殺したって、あなたにお金が入るとは思えないんだけど？」

「ああ、そりゃ、金の出処はあの悪魔じゃねえからさ。……元々俺の金だったんだが、とあるマヌケがそれを隠したまんま、牢屋にぶち込まれちまってね。あんたの旦那は、その牢屋の門を開ける鍵ってわけだ」

男はくつくつと笑いながら説明する。

（牢屋？　鍵？）

具体的に何を指すのかが分からないが、とりあえずこの男の目的は金であり、それを手に入れるためにアーヴィングを狙ったということだ。

（じゃあ、この男はアーヴィングに恨みがあるわけじゃないのかしら……？）

状況を判断しようと思考を巡らせていると、男が「おっといけねえ。そろそろだ」と呟いた。そしてハリエットの顎を摑むと、笑みを消した感情のない表情で宣言した。

「さあ、そろそろお喋りはおしまいだ。一緒に来てもらおうか、ヴィンター侯爵夫人」

「ど、どこへ……」

「操舵室だよ。あんたは、大事な人質だ」

（操舵室……ということは、船の操縦をする部屋よね？　つまり、航路を変更しようとしているの……？）

それがアーヴィングとどう繋がるのか分からないが、銃を突きつけられている今はとりあえず言うことを聞くしかない。

ハリエットは黙って男の指示に従い、部屋を出た。

夜とはいえ、まだ宵《よい》の口だ。酒場もダンスホールもあるこの船では、まだまだ人が出歩いている。

「おい、俺の前を歩くんだ」

男はそう言うと、上着で隠すようにしてハリエットの背中に銃を突きつけた。

女性が銃を突きつけられながら歩いていれば、周囲が気づいて騒ぎになる。それを防ぐためだろう。

男に背中にピッタリと貼り付くようにされて、不快感が込み上げる。嫌いな異性に触れるのが、これほど嫌なことだったとは。

だが今は耐えるしかない、と歯を食いしばった時、「あっ！　ジョーダンのママだ！」と言う声が聞こえてギョッとなった。

焦って声の方を振り向けば、先日会った迷子の男の子――セディがこちらへ駆け寄ってくるのが見えた。

「セディ……！」

「ジョーダンのママ！」

知った顔を見つけて嬉しいのか、セディは満面の笑みで、ハリエットに飛びつくように抱きついてくる。

だがハリエットは笑顔を作るどころではない。なにしろ背後には銃を突きつける凶悪犯がいるのだ。

（なんとかしてこの子をここから離れさせなくては……！）

ドッと冷や汗が流れ出るのが分かったが、ハリエットはできるだけ冷静を装って声を出した。

「セ、セディ、こんな夜遅くに部屋の外へ出てはダメよ。あなた、お父さんは？」

「パパ、おへやでねんねしてる。きもち、わるいんだってぇ。かわいそうね」

「まあ、なんてこと……」

きっと船酔いをして動けないのだとすぐに察した。

ハリエットもその辛さはよく分かる。

（でもよりによってこんな時に……！）

セディは寝込んでいて動けない父親の目を盗んで、こっそりと一人で出てきたのだろう。

いかにも子どものやりそうなことだ、とハリエットは奥歯を噛み締める。ジョーダンでも間違いなく同じことをしているだろうなと、苦い気持ちになってしまった。

「じゃあ、ママはどうしているの？」

「ママはね、おふねをおりたらあえるの！　もうすぐだから、ぼく、たのしみっ」

「ああ……」

拙い会話の内容から、どうやらセディ父子はこの船に乗って母親に会いに行くところらしいと分かり、ハリエットは絶望したくなった。

（この子の保護者に預けたいのに……！）

こんな小さな子どもを一人で夜の船に放置するのは危険すぎる。

だがハリエット自身、のっぴきならない状況に置かれているから、どうしようもない。このままセディを置いていくしかないだろう、と断腸の思いでハリエットは口を開く。

「セディ、お父様のいるお部屋に戻りなさい」

厳しい声を出して言えば、セディは目を丸くした後、ムッと唇を尖らせた。

「いや」

「セディ」

「や～だよっ！　ぼく、おばちゃんといっしょにいる！」

大声で駄々を捏ねると、セディはハリエットのドレスにしがみついた。

「セディ、ダメよ。今は……」

焦りながらセディを放そうとしたハリエットは、背中に銃口を抉るように押し当てられて喉を引き攣らせた。

「そうだなぁ、セディ。お前さんも一緒に行こうか」

背後の男が優しげな声を出すのを聞いて、ハリエットはギョッとして振り返る。

男は下卑た笑みを浮かべていた。

「人質は多い方がいいからな」

「わ、私だけで十分でしょう⁉」

仰天するあまり、声がひっくり返ってしまった。自分だけならまだしも、なんの関係もない稚い子どもを人質にするなんて、とんでもない。

だが男は嘲笑うように「ハン」と鼻を鳴らした。

「いやぁ、ハリエットちゃんはじゃじゃ馬だからなァ。隙あらば逃げ出そうとするだろう。一つくらい枷つけとくのもいいと思ってさ」

「そ、そんな……！」

(どうしよう！　どうすればいいの……⁉)

狼狽えてセディの小さな身体を抱き締めていると、男はゴツゴツと銃口をハリエットの背骨に打ち付けて囁いた。

「さっさとそいつを抱き上げろ。モタモタしてると、そのガキ、ここで撃ち殺してやってもいいんだぞ？」

＊＊＊

ボイラー室でのひと乱闘を終えて、アーヴィングは息を切らしながら船長らと操舵室へ戻っていた。

アーヴィングの予想通り、ボイラー室の作業員の中にシー・ジャックを企む一味が紛れ込んでいた。彼らは作業員の休憩室に集まって、持ち込んだ武器を手に襲撃の準備をしているところだった。そこにアーヴィングたちに奇襲を仕掛けられ、十数名のジャック犯たちは大いに混乱し、応戦しようとしたが、あっという間に鎮圧された。

この客船には、海賊に備えて訓練された戦闘員たちが乗っている。ジャック犯らはならず者ではあったが寄せ集めの集団で、連携の取れた戦闘員の動きについていけるわけがない。

おかげでこちら側は一人も犠牲者を出すことなく、無事に犯人たちを捕縛することができた。

（だがこれは運が良かっただけだ）

奇襲を仕掛けることができたから、鎮圧に成功しただけの話だ。

銃をしっかりと構える暇を与えていれば、こちらが殲滅されていてもおかしくなかったのだ。

階段を駆け上がりながら、ゼイゼイと荒い呼吸を繰り返す船長が背後から声をかけてくる。

「そ、それで、閣下！　今度はどうするのですか……!?」

「犯人たちの話では、指揮を執っていた男がいる。おそらくその首謀者がノーマン・モローだ。奴を探し出さなければ……」

おそらく、と言ったが、アーヴィングはそれがノーマンだと確信していた。あの男がこのシー・ジャックの首謀者だ。

「さ、探し出すと言ったって、この船の中をですか!?」

面倒くさがりの船長らしいセリフにイラっとしながら、アーヴィングは後ろを振り返らないまま口を開く。

「この騒動の目的はシー・ジャックだと言っただろう」

捕縛後、アーヴィングはその場で犯人たちを軽く尋問したのだが、彼らはこちらが驚くほどあっさりと自供した。

『俺は最初から半信半疑だったんだよ。話が上手すぎる。なんかおかしいと思ってたんだ。

あの野郎、ルテマン島に着いたら大金が手に入るなんて大ボラ吹きやがって……！』

　ボイラー作業員に扮《ふん》した初老の大男が忌々しげに言ったのを皮切りに、犯人たちは次々に首謀者に対する文句を言い始めたのだ。

『そうだ！　全部アイツが仕組んだことだ！　俺は悪くねえ！』

『端金《はしたがね》渡されて、残りの金は仕事が終わってからなんて言いやがって、終わる前にとっ捕まってりゃ意味がねえのよ！』

『クソ野郎、騙しやがって！』

　口汚く首謀者を罵《ののし》る連中を眺めながら、アーヴィングは頭の中で状況を整理した。

（つまり、この男たちは金に釣られてシー・ジャックに加担した者たちなのだろう。連携も取れていないし、発言もバラバラなところを見れば、急遽集められた烏合《うごう》の衆と言ったところか……）

　ならばその首謀者を——ノーマンを叩いてしまわなければ、この事件は終わったことにはならない。トカゲは尻尾を切っても生き延びるのだから。

「シー・ジャックをした後、奴らが向かう予定だったのは、ルテマン島だそうだ」

　アーヴィングが前を向いたまま言うと、背後から船長の素っ頓狂な声が響いた。

「な、なんですって？　ルテマン島!?　……って、あの大罪人の流刑地の、ですか？」

「ああ」

「ええと……。なんだってまた、シー・ジャック犯が犯罪者を閉じ込めるための流刑地へ行きたがるんですか？」

それはもっともな見解だ。ネズミがわざわざネズミ獲りの檻に入りに行くようなものだからだ。

「連中の話では、首謀者の男がルテマン島に行けば金が手に入ると言っていたそうだ。おそらく現在ルテマン監獄に収容中の罪人の中に仲間がいて、それを脱獄させるとか、そんなところだろう」

犯罪者集団の中で金を管理する役割を担っていた者が、金の隠し場所を秘密にしたまま死んだり収監されたりすることは、実は珍しいことではない。前者の場合は残党による内部争いが勃発し、後者の場合は残党の手引きによって受刑者が脱獄しようとする。明らかな面倒ごとを減らすために、ＣＣＡＨＵでもその金の押収に尽力するのだが、金が存在するという証拠があることが少ないので達成できる例は稀だ。

「はあ、なるほど……。ですが、あそこは一般の船が寄港することはできないはずじゃ……？」

船長の問いに、アーヴィングは「おや」と眉を上げる。惚けた性格をしているが、さすが大海を航海する船長だけあって、海運事情は頭に入っているらしい。

「できないだろうな。王か、ルテマン島の副王に任命された者の特別許可証が必要になる」

副王とは、君主の代理人として植民地や属州の統治をする者のことである。

ルテマン島は大海の真ん中にある、周囲二千キロメートル以上海が続く絶海の孤島だ。決して泳いで逃げられないことから、昔から殺人などの非人道的な大罪を犯した罪人の流刑地として使われているのだが、蒸気船の開発で比較的短期間で島に到達することが可能になってから脱獄する囚人が増大した。

脱獄を防ぐために、この島に船が立ち寄るためには特別な許可が必要となったのだ。

「現在は、私がその副王だ」

「え、ええっ!?」

アーヴィングが淡々と告げると、船長は大袈裟にびっくりしていたが、対犯罪組織の長官なのだからおかしな話ではない。

(とはいえ、最初に知った時には私も驚いたが……)

『あー、君が取り締まった犯罪者の大半は、ルテマン島行きになるじゃない？　わざわざ僕のところに書類を送ってこられると面倒だから、全部君が処理できるようにしておいたよ。よろしくね～』

などとのんびりした口調で王に言われた時には、王の頭頂部に蹴りを入れたくなったものだが、まさか副王そのものに任命されるとは思っていなかった。

(本当に、あの王は面倒ごとばかり私に押し付ける……！)

ヘラヘラとした王の顔を思い出すだけで腹立ちが募る。思えば全ての元凶はあの王なのではないだろうか。

「ノーマンは私を使ってルテマン島に寄港させるつもりなのだろう」

「つ、つまり目的は……ルテマン島の囚人を脱獄させること、ですか……？」

「おそらくは」

(ノーマンがシー・ジャックをして行きたい場所が、ルテマン島であるならば――)

アーヴィングは上着の上から脇に触れ、拳銃の存在を確かめた。ショルダーホルスターによって、周囲から見えないように銃を携帯している。夫婦水入らずの旅行でこんなものを、と兄には呆れられたが、夫たる者、いつ何時でも妻を守り切れるように万全を期しておくべきだろう。ハリエットにも小型の拳銃を渡してあるが、できれば彼女が使うことがないように祈る。

(部屋から出る時、持ってきて正解だったな……)

今から使うことになるだろうから。

「奴は必ず操舵室に現れる。この船の進路を変更するために」

「……！　ああ、なるほど……！」

ようやく合点がいったのか、船長がポンと手を叩いた。

本当に、この船長はなんとも緊張感がない。

（だがそれが却っていいのかもしれない）

船長のこの脱力感のおかげで、こちらの肩の力も多少抜けるというものだ。

（私一人だったら、心配で冷静さを欠いてしまったかもしれないからな……）

ハリエットの安否が心配だった。

部屋へ飛んで行って、彼女の無事を今すぐに確認したいところだが、今は一刻を争う事態だ。ノーマンを捕らえることが彼女を守る最善の方法だと自分に言い聞かせ、アーヴィングは操舵室へ向かう足を速めた。


「ようやくお出ましか、長官殿！」

ボイラー室からの長い道のりを走り終え、ようやく辿り着いた操舵室でアーヴィングたちを出迎えたのは、愛妻に銃口を突きつけているノーマン・モローだった。しかもなぜかハリエットのドレスにしがみついて震えている子どもの姿もあった。

自分の顔面からザッと血の気が引くのが分かる。

（ハリエット……！　そしてあの子は……!?）

数日前に甲板で出会った迷子の子だ。確か名前はセディと言ったか。

（なぜハリエットだけでなく、あの子まで……？　父親はどこにいるのだ！）

一体何がどうしてこうなったのだ、という疑問が、苛立ちと一緒に頭の中を駆け巡ったが、それは一瞬だ。

経緯はどうでもいい。今目の前にある状況が全てだ。考えなくてはならないのは、今何をすべきか、だ。

「アーヴィング……」

こちらを見るハリエットの表情は静かだった。青ざめてはいるが取り乱している様子はなく、ただ少年を抱きしめて申し訳なさそうな眼差しをしている。

(君が謝ることなど何もない……！　全ては部屋に君を残して行った私の責任だ……！)

だが後悔するのは後回しだ。今はとにかく、ハリエットとあの少年を無事に救い出すことに集中しなければ。

子どもの方を見れば、顔にいく筋も涙の跡があるのに、唇を噛み締めて黙っている。

(泣くのを我慢しているのか……？)

よく見れば子どもの右頬が赤くなっている。あんなに小さな子どもが泣くのを我慢できるわけがない。おそらく泣き出した時にノーマンに「黙れ」と言われ殴られたのだろう。

カッと頭に血が上った。

脳裏に浮かぶのは、母親に殴られる自分だ。

子どもの頃、母親の機嫌が悪い時は理由もなく殴られた。「痛い」「やめて」と泣けば、

「うるさい」と言ってまた殴られ、踏みつけられた。痛くて、恐ろしくて、泣き声が出ないように必死で歯を食いしばったことを、今でも忘れられない。

（あんな思いを……もう誰にもさせたくないから、私は……！）

ジョーダンに近づくのが怖かった。あの悪魔のような母親に育てられた自分が、我が子に同じことをしないとどうして信じられるのか。

頭では母親と自分が同じ人間ではないと分かっていても、自分の奥底にもあの悪魔と同じ、理不尽な凶暴さが巣くっているかもしれないという恐怖が拭えなかった。

息子を愛している。けれど、近づけない。

（……仕事が忙しいなんて、ただの言い訳だ。本当は、解消することができないその葛藤を、仕事にぶつけてきただけだ）

人身売買の被害者の多くが子どもだ。奴隷となった子どもたちがいかに悲惨な目に遭うかは想像に難くない。自分は奴隷ではなかったが、理不尽に痛めつけられてきたという意味では、彼らに近い境遇だった。自分のような思いをする子どもを、これ以上作らないために――そう大義名分を作って息子から逃げてきたのだ。

（だが、逃げてどうなる。向き合うと決めたはずだ）

己の恐怖から目を背けた結果、ジョーダンは父親を拒んで泣くようになった。

このままでは、ジョーダンは父親の愛情を知らずに生きていくことになる。それでは自分と同じだ。アーヴィングの父親もまた、妻と子どもたちから逃げ、父親としての義務を放棄したまま死んでいった。今はもう何の感情も抱いていないが、子どもの頃は父親が自分たちを気にかけてくれれば、と何度願ったか分からない。

（ジョーダンを愛《いと》しいと思うなら、己の中の恐怖にも打ち勝てるはずだ……！）

アーヴィングは怒りを込めてノーマンに向き直ると、目を眇めて言った。

「子どもを殴ったのか」

低い問いかけに、ノーマンが意外そうに眉を上げる。

「ギャアギャアと泣き喚いたからな。黙らせるために殴ったよ。それがどうした？」

当たり前だと言わんばかりの反応に、アーヴィングの腹の底に冷えた怒りが蓄積していく。

「抵抗もできない幼い子どもに暴力など……」

「ハッ、お前ばかだな？　抵抗しないから殴れるんだろうが！　抵抗する奴を殴れば、仕返しされるだろう！」

（この、外道め……！）

せせら笑う男に怒りが爆発しそうになったが、男が「なあ、坊主？」と言いながら銃口を子どもの頭に向けたことで踏み止まった。まさか撃つのでは、とヒヤリとしたが、男は銃で子どもの頭を小突いただけで、またハリエットへとその銃口を戻した。

（……とにかく、ハリエットとセディを引き離すのが先決だ）

「妻とその子どもを放せ。お前の目的はルテマン島へ行くことだろう。そんな真似をしなくともこの船の進路を変えることくらいしてやる」

平静を装わなくてはならないのに、固く強張った声が出た。背中には緊張から冷や汗がドッと噴き出し、いく筋も腰へと伝い降りていく。

（早く……早く、二人をあの男から引き離さなくては……！）

彼女に向けられている銃口に、胃がキリキリと引き絞られる心地だった。

アーヴィングの提案に、ノーマンはせせら笑って肩を竦める。

「ご冗談！　人質がいなくなった瞬間にあんたに撃ち殺されるのが分かっているのに？」

「人質が必要なら、私でいいだろう。銃口を彼女たちではなく私の頭に向けろ」

感情的になってはいけない、と心の中で念じながらアーヴィングはできるだけ淡々とした口調で交渉を持ちかける。とにかく一刻も早くハリエットと子どもをこの場から逃がしたかった。

（……頼む。二人を放すと言ってくれ……）

シー・ジャック犯相手にそんなことを祈るなんて、と後から考えれば己の愚かさには笑いたくなったが、この時は祈ることしかできなかった。

固唾を呑んで答えを待っていたが、ノーマンは引っかからない。

「ははぁ」と面白げに頷いて、思案するように首を傾げてみせる。

「悪いが、あんたみたいな屈強な大男より、抵抗できないガキか、か弱いご婦人の方が人質に向いているんでねぇ。……それに、俺はハリエットちゃんを気に入っちゃったからさぁ」

ハリエットちゃん、の呼び方に、アーヴィングの眉間に青筋が浮いた。

ノーマンがハリエットの髪に触れようとするのを目にして、本能的に飛びかかろうと身体が動いたが、その前にハリエットがノーマンの手をピシャリと叩き落とす。

「触らないで」

それを見て安堵する気持ちと、無謀さに肝が冷える気持ちとが同時に沸き起こって、アーヴィングの心臓がギュッと縮んだ。

(頼む、ハリエット！　銃口を向けられている間は、その男に従順でいてくれ……！)

本当に殺されでもしたらどうするんだ。

だがその心配をよそに、手を叩かれたノーマンは怒る様子もなく、それどころか嬉しそうに肩を揺らして笑い出す。

「あんたの奥さん、いいよねぇ、気が強くて！　俺、気の強い女は大好きなんだ」

言いながら、ノーマンは銃口でハリエットの頬を小突いたり、顎を擽ろうとしたりと、嫌がる彼女にちょっかいをかけ始めた。

ハリエットは心底迷惑そうにノーマンを睨み、子どもはさらに怯えてハリエットにしがみつき啜り泣き出す。

アーヴィングの脳は目の前の男をどうやって殺そうかとシミュレーションを始めた。

「あんたに近づくために利用してやろうと、他人になりすまして近づいて口説くフリまでしたけど、こんなにいい女ならフリじゃなくて最初から本気で口説けば良かったよ」

「……ではやはり、お前は本物のノーマン・モローではないのだな」

ハリエットとの再会もこの男が仕組んだものだったということだ。

納得しながら言ったアーヴィングに、ノーマンは愉快そうに目を丸くしてみせる。

「へえ、気づかれてたのか。ハリエットちゃんは騙されてくれたのによ。なぁ？」

ハリエットの髪を指に巻きつけようとするノーマンの手を、ハリエットが怒りの形相で再び振り落とした。

「触らないでって言ってるでしょう！」

「ははは！　そういう気の強いところがいいんだよ。分かってねぇなぁ、ハリエットちゃん！　俺を退けたきゃ、か弱い貴婦人のフリをしないと！　まあそうしたら躊躇せずに撃ち殺してやるけどねェ」

自分以外の男がハリエットに執着しているのを見るのは、腹に据えかねるものがある。

怒りと不愉快さに両手がわなわなと震えたが、腹に力を込めて怒りの衝動を抑え込んだ。

二人の命を相手に握られている今、怒りのままに行動することだけはしてはならない。それはこの男の思う壺だ。

「彼女たちを解放しろ。私たちはボイラー室に潜んでいたお前の仲間を十三人、すでに捕縛している。お前と彼らを無傷でルテマン島まで連れて行くことを約束する」

むろん、ただの口約束だ。シー・ジャック犯を相手に約束を守る義理はない。

だが交渉の上でそれを気取られてはいけない。アーヴィングは慎重に、男が食いつきそうな言葉を選んだ。

「お前の望みは全て叶えよう。だから――」

望みを全て叶えると言っているのだから、受け入れられるだろうと思っていた提案は、ノーマンの大爆笑で投げ返された。

「ギャハハハハ！　俺の望みは全て叶える!?　おもしれェ！　じゃあ今ここで、あんたの妻を犯してやるから、あんた黙ってそこで見てろよ!?」

カッと頭の中が赤く燃えた。

黙っていられることと、そうでないことがある。この男は間違いなくアーヴィングの逆《げき》鱗《りん》に触れた。

「――ッ、貴様……！　この下種が。妻に指一本でも触れてみろ、死んだ方がマシだという目に遭わせてやる……！」

唸り声で応じると、男は舌舐めずりしてこちらを睨みつけてくる。

「はは！　ようやく本性が出たじゃねーか、このクソ悪魔！　お貴族様のお上品な仮面を被っちゃいるが、テメェの性根は人を殺すことを屁とも思わねえ悪魔だ！」

がなり立てる男を見据えながら、アーヴィングは眉間に皺を寄せた。

（なんだ……？　まるで私を以前から知っているかのような口ぶりだ）

自分と面識がある者だったのか。アーヴィングは人の顔を覚えない。人間にあまり興味がないせいかもしれない。動物の顔は忘れないし、文字も一度読めば忘れないのだが。

アーヴィングはまじまじと男の顔を見た。

「貴様……一体何者なんだ？」

男の顔をいくら見つめてみても、何も思い出せない。結局そう訊ねたアーヴィングに、男は悔しそうに床に唾を吐いた。

「そうだろうよ！　お前みてえな悪魔にとっちゃ、踏み躙《にじ》った平民の顔なんざ、覚えておく価値もねえ！　下々の人間がどうなろうが知ったこっちゃねえ！　だから俺たちは自分たちで這い上がるしかねえんだよ！」

男の叫んだ屁理屈に、アーヴィングは鼻白む。

偉そうに「這い上がる」などと言っているが、シー・ジャックを企むような犯罪者である。

（お前こそ他者を踏み躙っている人間だろうが）

アーヴィングが黙ったままでいると、男は調子づいてきたのか、更に大きな声で熱弁を振るった。

「持たざる者が持つためには、他から奪うしかねえ！　弱い者から奪って何が悪い！　女子どもを売って金を作って何が悪い！　弱いから売られるんだよ！　弱さが全て悪いんだ。そうだろう？」

男は唾を飛ばして捲《まく》し立てる。目を見開き、額に青筋を立てるその表情は真に迫っていて、演技とは思えなかった。

（……ならばこれは嘘ではない。だが、嘘ではないからこそ、腹立たしい……！）

持たざる者が持つためには、他から奪うしかない？　そんなわけがあるか。自ら作り出すという選択肢がないことがおかしいのだ。

実際に平民でも商売で巨額の富を築く者もいる。この船の主、アシュフィールドが良い例だ。彼の資産は今や王を凌ぐとさえ言われているのだ。

「弱い者から奪って何が悪いだと？　ずいぶんと頭が悪いらしい。強奪は悪に決まっている。人と人が共存する社会に生きるためには、他者の権利を侵害しないというルールが必須だ。それを守れないお前は、どう屁理屈を捏ねたところで、所詮『犯罪者』でしかない」

アーヴィングの正論に、男がさらにがなり返す。

「あんたら貴族がやってることと同じだろうが！　貴族は俺たちから奪うだけで、何もしちゃくれねえ！　そうだろ!?　俺はあんたたちの真似をしてるだけだ！　それを、非人道的犯罪？　取り締まる？　身分を笠に着て平民を虐げ続けてきたお前らが、どの口でそんな綺麗事を言えるんだ、この悪魔どもが！」

『非人道的犯罪』という言葉が出てくるところから、ＣＣＡＨＵの長官としてのアーヴィングを知っているということだ。しかも言い分からして犯罪者で、過去にアーヴィングに取り締まられたことがある者……そう頭の中で探っても、答えは見つからない。

（捕縛したものは一人残らず収監しているし、脱獄した者もすぐに捕らえて再収監している。野に放たれている者はいないはずだが……）

そう思いながらふと引っ掛かりを覚えて、男の顔を改めて観察する。

遠い記憶を探ると、暗闇の中で朧《おぼろ》げな輪郭が浮かび上がった。船尾から海へと飛び込んでいく黒い姿だ。

「……貴様、奴隷運搬船の……あの時逃げた男か！」

アーヴィングは叫んだ。

三年前、ＣＣＡＨＵがある人身売買組織の所有する船を摘発したことがあった。その船には売られた人たちが百人以上詰め込まれていて、その中の多くは年端も行かない子どもたちと、若い女性だった。子どもや女性は高く売れるため、人身売買組織にとっては良い商品なのだ。

　自分たちが到着するのがあと数時間遅ければ、彼らは異常性癖の持ち主や奴隷を人とも思わぬ金持ちに売り飛ばされていたのだと思うとゾッとしたと同時に、犯罪組織の連中に怒りを覚えたものだ。

（確かにあの時、逃げおおせた者がいた）

　船尾から海へ飛び込もうとしている二人組の男を見つけ、捕まえようとしたが一人には逃げられてしまったのだ。

　暗くてよく見えなかった上に、あの男たちは髭に顔を覆われていた。だから顔の形の記憶は曖昧だったが、逃げた男の視線は印象的だった。全てに納得していない目だった。不満を溜め込み、全てを他者のせいにして世を恨む眼差しだ。

　犯罪に手を染める者の多くが、同じ目をしている。その中でもあの夜逃げた男の眼差しは、不満の色がひどく濃く凝《こご》っているように見えたのだ。

　アーヴィングの問いに、男は嬉しそうにニタリと唇の端を吊り上げた。

「ようやく思い出したか。そうだよ、俺はお前が襲った船の生き残りだ。俺の仲間をお前が虫ケラのように殲滅した、あの船のな！」

　まるで鬼の首でも取ったかのように叫ぶ男に、アーヴィングは呆気に取られてしまう。

それではまるで自分たちの方が船を襲った海賊か何かのようではないか。

「女性や子どもを拐かして人身売買していたのはお前たちだろう。お前たちのおかげで、罪もない女性や子どもたちがどれだけ奴隷にされ、死んでいったと思っている！」

思わず怒鳴ってしまったが、この男には理屈を説いても無駄だろう。この類の人間は、道徳や法律などは守るべきものだという認識がない。自分にとって都合の良いものだけが守るべきものなのだから。

「うるせえ！　知ったこっちゃねえんだよ！　何が法律だ！　そんなもんは、お前ら貴族がてめえらのために作ったクソみてえなモンだろう！　俺らが守る義務なんかねえ！」

怒りのスイッチが入ってしまっているノーマンが、真っ赤な顔をして拳銃を手にした右手をこちらに突き付け、威嚇するように振り回す。銃口がハリエットの頭から逸れたその瞬間を、アーヴィングは見逃さなかった。

「ハリエット、セディを抱えてしゃがめ！」

そう叫ぶと同時に懐から己の拳銃を取り出すと、男の肩を目掛けて引き金を引いた。

ドン！　と重い発砲音が響き、「ギャアッ！」という獣のような悲鳴が上がる。狙い通り肩を撃てたらしく、男が大きく上体を捻り反らしたのを確認すると、アーヴィングは全速力で男に向かって駆け出した。

「逃げろ！」

叫んだ相手は、もちろんハリエットとセディだ。

夫の矢のような指示に、ハリエットはビクリと身体を震わせた後、セディの手を引いて飛び退くようにしてその場から走り去る。それを横目で見届けながら、アーヴィングはもう一度銃の引き金を引いた。

ドン！

「ギャアアッ！」

男が手首を押さえてその場にしゃがみ込んだ。バタバタバタバタと水道の蛇口から出る水のように、勢い良く鮮血が床に流れ落ちる。どうやら動脈を損傷したらしい。溢れ出る血液で床に赤い血溜まりができ、その中に男が持っていた拳銃が落ちていた。ハリエットに持たせていた物だ。

「うわあああああああああ！　痛え！　いてえええええええ！」

叫びながらのたうち回る男の傍まで歩み寄ると、アーヴィングは血溜まりの中の拳銃を足で蹴り飛ばし、男の手の届かない場所に移動させた。

「て、めえ、この、くそ、悪魔がッ……！」

大量出血で血圧が急速に下がったのだろう。男が真っ青な顔色で血溜まりの中に頭を突っ込むようにして倒れ込む。

「そうだ。悪魔を相手にするには、お前は小物すぎたな」

アーヴィングが皮肉のように言えば、男はクッと笑った後、ゆっくりと目を閉じた。

失血によって意識を失ったのだろう。

アーヴィングはため息をつくと、男の腕を持ち上げた。腕の付け根を力一杯掴み、止血を試みる。これ以上の失血は命に関わる。

(今死んでもらっては困るんだ……)

こんな時でも仕事の効率を考えてしまう自分が恨めしい。

「船長！　ロープを持って来い！　そして船医を呼んで来るんだ！」

すると、操舵室のドアの外で息を潜めるように隠れていた船長が、おそるおそる顔を出した。

「えっ、その犯人、助けるんですか……？」

「まだ訊かねばならないことがたくさんある。死んでもらうわけにはいかない。この男はボイラー室の連中と合わせて、明日カタリナ港で船から降ろし、現地警察に引き渡す。その旨本国から話を通してもらわなければならないから、無線で連絡を取りたい」

カタリナはアルセッチェンという国の港町だ。アルセッチェンは小さいが王国で、同じ立憲君主制をとる仲間として、アーヴィングたちの国と同盟関係にあるため、国際問題になる事はないだろう。

血の生臭い匂いと硝煙が立ちこめる中、アーヴィングは視線でハリエットの姿を探した。

彼女は無事だろうか。セディは？

二人とも、怪我をしてはいないだろうか。

（どこだ。ハリエット……！）

キョロキョロしていると、ふと背後から優しく抱き締められて、アーヴィングは目を見開く。見下ろすと、そこには涙を浮かべた妻の姿があった。

「……良かった、ハリエット」

「何も良くないです！　あんな……あんな……！」

ハリエットはブルブルと震えながら、怒ったようにアーヴィングを睨みつける。だが睨まれても可愛いだけなので、ちっとも怖くない。

「すまない。怖い思いをさせてしまいましたね。もう大丈夫ですから……」

「もう、そうじゃないです！　そうじゃなくて……とにかく、どこも怪我をしていませんか？」

顔を見せて、と両手で頬を包み込むようにされて、アーヴィングは心の底から緊張が解けていくのを感じた。

（ああ、良かった。君が、無事だった……！）

「ハリエット……良かった。良かった、君が無事で……！」

「もう！　それはこっちのセリフなのに！　銃を持っている相手に突進するなんて！　本

当に、心臓が凍るかと思いました……！」

涙の絡む声で言って、ハリエットは首に腕を絡めて抱きついてきた。

柔らかく温かい彼女の温もりに、ホッとして止血している手の力まで抜きそうになって、慌てて力を込め直す。今すぐ抱き締め返したいけれど、生憎自分の手はこのバカなシー・ジャック犯の血に塗れている。

（いっそ殺してしまってもいいんじゃないか……？）

などと恐ろしいことを考えつつも、そうなれば後始末で自分の仕事量が三倍になることは目に見えているのでやめておいた。先のことを考えれば、今生かしておくのが最善策だ。

（それにしても……夫婦水入らずの楽しい旅行になるはずだったのに……）

血塗れの惨状を改めて眺め、アーヴィングはため息をつく。

そこへ駆けつけてきた船医が到着したため、止血する役割を彼に譲った。

「……本当に、とんでもない蜜月旅行になってしまいましたね……」

夫のぼやきに、ハリエットもまた同じようにため息をついた。

「……まったくですね……」

夫婦はお互いに顔を見合わせると、苦く笑い合った。

「おじちゃん」

微かな声が聞こえてきて、アーヴィングはそちらへ視線を向ける。船長の陰に隠れるようにしてセディが立っていて、こちらを不安げに見つめていた。

「セディ。無事だったか」

幼い少年の姿に、ホッと安堵が込み上げて頬が緩んだ。

アーヴィングの微笑みに、セディは張っていた気が緩んだのか、その目にみるみる涙が溢れ出す。

「えっ……まっ……」

また子どもに泣かれてしまうのか、と悲しい気持ちになりかけた時、セディがタッと駆け出してアーヴィングの脚に突進してきた。

「うわっ！」

「うわあああああん！　おじちゃん！　おじちゃぁあああん！」

「えっ？　ええっ!?」

てっきり自分のことが怖くて泣いているのかと思ったのに、縋るように抱きつかれて、アーヴィングは仰天してしまう。

どうしていいか分からずに狼狽えていると、ハリエットが懐からハンカチを取り出してアーヴィングの手を拭うと、にっこりと笑った。

「抱っこしてあげてください、アーヴィング」

「えっと……な、泣いてしまうのでは……？」

「もう泣いていますよ。それに、きっとアーヴィングに抱っこされたら泣き止みます」

自信満々な妻の様子に半信半疑ながらも、アーヴィングは腕を伸ばしてセディの小さな身体を抱き上げた。

セディは嫌がることもせず、アーヴィングの首に腕を巻きつけて、スンスンと鼻を鳴らす。子どもの身体は柔らかく、温かかった。

「……怖かったな。もう大丈夫だ」

小さな背中をトントンと叩きながら、アーヴィングは最愛の息子の顔を思い浮かべたのだった。

エピローグ　それでも船は進むよ、どこまでも

白い蒸気がバスルームの中にくゆる。

ラベンダーだろうか。室内に広がる精油のような入浴剤の芳香に、頭の奥に凝っていた疲れが解けていく心地がして、ハリエットは目を閉じて静かに息を吐いた。

「お疲れ様でした」

低く艶やかな声がして、ハリエットは瞼《まぶた》を開く。目の前には見慣れたけれど、相変わらず眩《まばゆ》いほど美しい、夫の微笑みがあった。

「あなたこそ、大変な目に遭ったんです。……疲れたでしょう？」

アーヴィングがシー・ジャック犯を捕まえるために奔走《ほんそう》していたことを知って、ハリエットは少し恥ずかしくなった。彼が自分を閉じ込めたのは、嫉妬心からではなく、危険から守るためだったのだ。

（やりすぎだ、なんて思ってごめんなさい……）

謝罪の意を込めて、そして労る気持ちで彼の頬を撫でると、アーヴィングは気持ち好さ

そうに長いまつ毛を伏せた。

（……可愛い……）

年上の男性に使う表現ではないかもしれないが、可愛いのだから仕方ない。普段は凛々しく美しい夫が、自分の前ではこんなふうに甘えるような仕草をしてくれると思うと、堪らなくキュンとしてしまうのだ。

（ああ、それに、やっぱりジョーダンに似てる……）

愛息の造作はハリエットに似ているとアーヴィングは言うけれど、ハリエットにしてみればアーヴィングそっくりだ。目の色は確かに自分譲りだが、ふとした時の表情がアーヴィングと同じだと思ってしまう。

「ふふ……」

思わず笑い声を上げてしまい、アーヴィングがパチリと目を開いた。

水色の瞳に、自分の笑った顔が映っている。ちょっと驚いたような顔も、やっぱりジョーダンにそっくりで、ハリエットは肩を震わせてクスクスと笑い出した。

「何がおかしいんですか？」

「ふ、だって……ジョーダンと同じ顔なんですもの……」

そう答えると、アーヴィングは目を瞬く。

「ジョーダンと同じ顔なのは、君の方でしょう？」

夫の美貌が少し陰ったように見えて、ハリエットは笑うのをやめてじっと水色の瞳を見つめた。

「あなたはいつもそう言うけれど、ジョーダンはあなたにもそっくりなんですよ。当たり前じゃないですか。親子なんですもの」

するとアーヴィングは再び目を伏せて視線を逸らした。

「……君に、全部似た方がいい。私などに似ては……あの子が可哀想です」

その言葉にはさすがにムッときてしまった。

ハリエットは両手で夫の頰を摘むと、思いっきり横に引っ張ってやる。

ギュムーと両頰を抓《つね》られて、アーヴィングは目を丸くして舌足らずな口調で何かを言った。

「ヒャ、ヒャヒエット？」

「何が可哀想なんですか？　あなたの子どもだと可哀想、ということ？　じゃああなたの妻の私も可哀想ってことですね？」

言いながらギリギリと音がしそうなほど強く引っ張ってやると、アーヴィングはハリエットの怒りを察したらしく、それ以上言葉を発するのをやめた。

「……っ」

ハリエットは夫の頰から手を放し、奥歯を嚙んで言葉を探す。

何を言えばいいだろうか。何を言えば、伝わるだろうか。

アーヴィングは自己肯定感が低い。自分を弱くて愚かな人間だと思い込んでいる。

彼は母親から虐待された過去から、母親への負の感情を捨てきれないでいる。その結果、その母親を自分の手で撃ち殺そうとしたこともある。

本来の彼は人の心を慮ることのできる、優しい常識的な人だ。

だからこそ、実の母親を平気で手にかけることのできる自分を、心の底から嫌悪しているのだ。

（――でも、私はそんなあなたを愛しているから）

ハリエットはギロリとアーヴィングを睨んだ。

「私は、可哀想だなんて思ったことはないです。自分のことも、ジョーダンのことも！」

キツイ口調でそう言うと、アーヴィングはハッとした表情になる。

自分の発言の拙さに気がついたのだろう。慌ててブンブンと美しい顔を横に振った。

「――違う。私はそういう意味で言ったんじゃない……」

「分かっています。あなたは、自分が許せないんですよね？　お母様に愛されなかった幼い頃の自分や、お兄様を助けられなかった弱い自分を、今でもずっと責めているんだわ」

「そ、んな……」

否定の言葉を言おうとしただろうアーヴィングの声は、どんどんと尻すぼみになって

いく。思い当たる節があるのかもしれない。いや、きっとあるはずだ。そうでなくては、アーヴィングが……愛情深いハリエットの夫が、自分の息子と距離を取ろうとするわけがないのだから。

「アーヴィング。あなたは惨めなんかじゃないんです。弱くなんてないんです。誰よりも賢くて強いヴィンター侯爵で、私の愛する夫で、ジョーダンの頼もしいお父様なんです」

ハリエットの言葉をアーヴィングは呆然と聞いていたが、やがて自分の額を押さえて顔を伏せた。ぎゅっと眉根を寄せたその表情には苦悶の色が浮かんでいた。

「……私は……私は、母親に愛されなかった。親になったのに、子どもを……ジョーダンを、どうやって愛せばいいか分からない……！」

呻くような吐露に、ハリエットは安堵と喜びで胸がいっぱいになる。

（……「どうやって愛せばいいか分からない」と悩むのは、愛している証拠だもの）

愛情を抱いていても、その表現方法が分からないということなのだから。

彼が愛を知っている人だと分かっていたから、信じていた。だけど、心のどこかに不安が巣くっていた。

『アーヴィングが、ジョーダンを愛していなかったらどうしよう』と――。

ハリエットが不安に思ったのは、自分の父親のことがあったからだ。父と母は恋愛結婚で、父が母に熱烈に求愛した結果の結婚だったそうだ。それほど愛した妻との娘であっても、父は愛そうとしてくれなかった。妻に向ける愛情と、子に向ける愛情は別なのだと、身をもって知っていたのだ。

アーヴィングは父のような人ではない。そう信じていたけれど、もしそうだったら自分はどうすればいいのだろうか。そんな不安を抱えて、眠れない夜を過ごしたこともある。

ハリエットにとっては夫も息子も愛する者だ。かけがえがなく、天秤にかけることすらできない。自分にとって魂と同じもの。だからこそ、アーヴィングにも同じくらいジョーダンを愛してほしいと思っていた。

「……良かった。あなたが、ちゃんとジョーダンを愛してくれていて……」

ハリエットの呟きに、アーヴィングは弾かれたように顔をあげた。

「当たり前でしょう！　私の子です！　あなたが産んでくれた、私の息子です！　愛しているに決まっている！」

その激しい肯定が、ハリエットは胸が熱くなるほど嬉しかった。じわりとまなじりが熱くなったけれど、瞬きで涙を散らした。泣いている場合じゃない。家族のためにもう一仕事、頑張らなくては。

「でも、ジョーダンと距離を置いているでしょう？」

ハリエットが指摘すると、アーヴィングはグッと言葉に詰まる。

「あなたはあの子を抱き上げない。あの子が泣いても笑っても、反応しないでただ見ているだけ。このままじゃ、あの子はナサニエル神父様を自分の父親だと思ってしまうかもしれません」

ナサニエル神父の名前に、アーヴィングが悔しそうにグッと奥歯を噛むのが分かった。

（……まったく、そんな顔をするくらいなら、あの子を抱いてあげればいいのに……）

心の中で呆れながらも、それがアーヴィングという人なのだと思う。

きっと距離を置いていたのも、ジョーダンを泣かせてしまったらどうしようとか、そんな理由なのだ。

「……ジョーダンは、私を見て怯えるから……。私が近寄らない方が安心できるのではないかと思っていたのです……」

「それは、あなたがあまり家にいないから……。あのくらいの年齢の子どもは、人見知りをするものなんです」

「父親なのに……人見知り……」

ガーン、と絵に描いたようにショックを受ける夫に、ハリエットはなんだかだんだんおかしくなってきてしまう。

「あなたって本当に、とても賢いのにばかなんですね」

ショックを受けるほど息子を愛しいと思っているなら、今のアーヴィングの行動は全くの的外れだ。クスクスと笑いながら言ってやると、アーヴィングはポカンとなった。

「ば、ばか……？」

「ええ。ばかですよ。人見知りって、見慣れない人に対してするものなのです。人見知りをされないためには、できるだけ一緒に過ごして、慣れてもらうしかないのですよ」

ハリエットの説明に、アーヴィングは拍子抜けをしたような顔になった。

「で、ですが一緒にいれば、あの子は怯えるのでは……？」

「あら。じゃああなたは、あの子が怯えなくてはならないようなことをするのですか？」

「す、するわけないでしょう！」

「だったら、怯えなくていいんだよって教えてあげなくちゃ。子どもはきっと怖いものがいっぱいです。だってまだ何にも知らないのですもの。だから、大人が教えてあげなくちゃ。これは大丈夫。あれは危ない。これは甘くて、あれは苦い。これは柔らかくて、それは硬い。この人は、あなたの味方。この世の誰よりも、あなたの味方。——それが、私たち、お父さんと、お母さんなんだって」

ハリエットは言いながら、幼かった頃を思い出していた。

あの頃、いつも神様に願っていた。

『お父様が、私を好きになってくれますように』

ハリエットは、父が自分を愛していないことを知っていた。

でも、本当は、好きになってほしかった。愛してほしかった。自分を愛してくれて、笑いかけてくれる両親が欲しかった。

「私は子どもの時、絶対に自分の味方になってくれる人が欲しかったんです。残念ながら、私の実の両親はそうではなかったけれど……。アーヴィング、あなたがなってくれたんです。私の味方に。何が起きても私を信じてくれて、私の味方になってくれる人。あなたがいてくれるから、私もあの子を産んだ時、思いました。何があってもこの子の味方になろうって。あなたが私に、あの子の愛し方を教えてくれていたのです」

言いながら、涙が出た。

そうだ。アーヴィングが教えてくれていた。アーヴィングはいつだってハリエットを尊重してくれた。虐げていい者、軽んじていい者、無いものと考えていい者ではなく、一人の人間として扱い、敬ってくれた。――それでいいのだ。

『親として』『叱り方が……』だなんて難しく考えなくていい。アーヴィングが愛してくれたのと同じように、ジョーダンを一人の人間として尊重することが、ハリエットの最大の愛し方だ。

ずっと孤独だった。もちろん、親に恵まれなくとも、優しいナサニエル神父や街の人たちの愛情は受けていたから、温もりを知らないわけではない。

それでも、どんな時でも自分の味方をしてくれる人――無償の愛情を注いでくれる相手が欲しいと、心の奥底でずっと渇望していた気がする。

「私にその愛情を教えてくれたのは、あなたなんです、アーヴィング」

「ハリエット……」

アーヴィングが震える手でハリエットの手を握ってきた。

大きな手に自分の手が、縋るようにぎゅっと握り込まれる。

「そうですね……私も、愛し方を知っている。君が私を愛してくれたから……」

「そう。だから、同じようにすればいいだけです」

「同じように……」

「簡単ですよ。だってあなたは、もうできていたじゃないですか！　セディと同じように、抱っこしてあげてください」

「セディと……」

アーヴィングは鸚鵡返しをした後、ハリエットの腰を引き寄せて抱き締めた。

彼が肩に顎をのせてきたので、その濡れた黒髪を撫でてやった。

「私は、まだ間に合うでしょうか……？」

「間に合いますとも。……だってあの子は、お父様が大好きですもの！」

ジョーダンは人見知りをしているので、アーヴィングから逃げようとしがちだが、本当は興味津々で、アーヴィングがいない時には「おとたま、どこ？」と訊いてきたりするのだ。本当は構ってほしいけれど、人見知りの衝動が勝ってしまうのだろう。

「本当に？　兄さんの方に懐いているのに？」

「ナサニエル神父様は……あの方は、子どもに好かれる運命の下に生まれたお方というか……神父様を嫌う子どもなんていないんですよ。仕方ありません」

自分も子どもだった頃、ナサニエル神父のあの無害で柔らかいオーラに引き寄せられたから分かる。あのオーラには抗えない。彼は神様から、子どもを引き寄せる力を授かった選ばれしお方なのだ。

うんうん、と頷きながら言うと、アーヴィングが少し拗ねたような声を出した。

「……君は？」

「私？」

「君も、兄さんの方がいいですか？」

「──ふ、もう！　アーヴィングったら！」

ジトリとした視線に、ハリエットは笑い出してしまう。

夫が嫉妬しているのだと分かったからだ。

「笑わないでほしいです。私は真剣なのに」

「っ、ふふ、だって！　神父様に嫉妬なんて！」

「……私だってどうかしてると自分でも思うけれど。だけど、想像してみてください。自分が留守の間に、愛息子が兄さんにベッタリになってしまったのです。君も元々兄さんを尊敬してやまないみたいだし、なんだか馬鹿げていると分かっているけど、息子と妻を取られたような気分に……」

「あははっ！」

もう我慢できない。

ハリエットが大声で笑い出すと、アーヴィングが深いため息をついた。

「……笑い飛ばしてくれて、ありがとう……」

ヤケクソのように礼を言われ、ハリエットは夫の形の良い唇にちゅっとキスをする。

驚いたように目を丸くしているアーヴィングに、にっこりと笑って告げた。

「私はあなたがいいです。愛する夫は、あなただけ」

妻からの愛の告白に、アーヴィングは息をするのを忘れたかのようにしばらく動きを止めていたが、やがて花が綻ぶような艶美な笑みを浮かべた。

「……私も、君だけでいい。君だけが、私の最愛の妻だ」

二人は目と目を合わせて微笑むと、やがてゆっくりと唇を合わせた。

＊＊＊

オデュッセウス号がカタリナ港に到着したのは、騒動の翌朝だった。

シー・ジャック犯を捕縛した後、無線で本国と連絡を取ったアーヴィングは、現地の警察に犯人らを引き渡す算段をつけた。首謀者の男——本名をジュード・ベイカーといった——は出血量こそ多かったものの、アーヴィングの止血と駆けつけた船医の応急処置が完璧だったため命の心配はないとのことで、意識もわりとしっかりしており、尋問も捗《はかど》った。

ノーマン改め、ジュード・ベイカーも、「全てを吐いたら痛み止めを注射してやろう」というアーヴィングの脅しに、青ざめた顔で頷いていた。よほど痛かったのだろう。

「それにしても、まさか私の実母の手紙まで、あのジュードが偽造したものだったなんて！」

ハリエットが帽子を被りながら、呆れたように言った。

「本当に。それは私も驚いてしまいました」

ジュードは用意周到な男で、ルテマン島に収監されたかつてのボスに金の隠し場所を聞き出す計画を、数年前から綿密に立てていたらしい。ルテマン島に入島する許可が出せるのは、王とアーヴィングの二人だけだと知ると、アーヴィングに狙いを定めた。

(確かに、王を誘拐するよりも、私を誘拐する方が簡単だろうしな)

とはいえ、アーヴィングもそう簡単に誘拐できる人間ではない。

となれば、本人の意思で船に乗ってもらい、ルテマン島に入島してもらうしかないと考えたジュードは、アーヴィングが溺愛しているという妻を利用しようと思いついたというわけだ。

ハリエットのことを入念に調べ、母親の名前で大陸に呼び寄せればいい、となったのだろう。随分と手の込んだ詐欺だが、自分がまんまと引っかかったのだから、周到だったと言わざるを得ない。

ともあれ、ハリエットの実母からの手紙が偽物だった以上、大陸へ行く理由も無くなった。そのままただの旅行だと割り切って楽しむ選択肢もあったが、アーヴィングたちは船を降りて帰国することを選んだ。

（――ジョーダンに会わなくては）

自分の子どもという存在に、どう向き合えばいいか分からずに、これまでずっと遠ざけてきてしまった。

（償いがしたい……）

まだ父親であることを許されるなら、一刻も早く息子の下に行き、その小さな身を抱き締めたかった。そして、謝りたかった。

（小さなあの子には、きっと何を言われているか分からないだろう。だがそれでも、あの子自身に誓いたいんだ……）

『私は、君の味方だ。どんな時も、何が起こっても』

それを伝えたかった。

幼い頃……かつての自分が傍にいてほしいと願った、そんな存在になると決めたのだ。

ハリエットに下船すると告げると、彼女は二つ返事で頷いてくれた。

『ラリーランドに行けないのはちょっと残念ですが、また行けばいいのですもの。……今度は、ジョーダンも連れて、三人で！』

にっこりと笑う妻が、可愛らしくて、頼もしかった。いつもと変わらない愛らしい笑顔には、確かに母の強さが備わっている。

いつの間にこれほど強い人になっていたのだろう。やはり、母になったからなのか。

（――いや、人は変わる。経験を重ねることで、いくらでも、どんなふうにでも）

自分とて、変わっているのだ。強くなり、賢くもなった。力も、金も手に入れた。

（もう、ただ虐げられるだけの子どもじゃない。私は、誰かを愛せる人間なのだから）

そう教えてくれたのは、最愛の人――ハリエットだ。

「もう、この帽子、すぐにずれてきちゃう！」

その最愛の妻は、鏡の前で唇を尖らせている。

つばの大きいこの帽子は、彼女によく似合っているが、可愛い顔が隠れるのが少しもったいない。

アーヴィングはひょいとその帽子を取ると、メイドに手渡して妻の頭にキスを落とす。

「帽子は邪魔ですね。キスがしにくい」

「まあ！　それじゃあ日除けがないです」

「だったら日傘をどこかで買いましょう」

「日傘も持ってきているから、新しいのは要りません！　もう、なんでもすぐ買おうとするんですから！」

そんな言い合いをしていると、暇を持て余したのか、クロちゃんがピョンと肩に飛び乗ってくる。

「おや、クロちゃんも退屈しているみたいだ」

「ふふ、本当ですね。じゃあ、行きましょうか」

アーヴィングは妻の差し出す手の甲にキスをしてから、自分の肘へと導いた。

下船の準備は整った。

これから夫婦はカタリナ港で下船し、汽車で帰国する予定だ。

階段を上がりゲートのドアを潜る時、ハリエットが少し寂しそうに船を振り返った。

「たった数日だったのに、ずっと長い間乗っていた気がします……」

「いろんなことが起こりましたからね……」

しみじみとこの船で起きた騒動を振り返り、夫婦が顔を見合わせた時、可愛らしい声が聞こえてきた。

「おかたま～！」

聞き間違えるはずのない、我が子、ジョーダンの声だった。

ギョッとしたアーヴィングとハリエットは、身を乗り出すようにして声の方向へ顔を向ける。

するとゲートと陸地とを繋ぐ船梯子の下に、ナサニエルに抱かれたジョーダンが、小さな手を振っているのが見えた。

「ジョーダン!?」

「どうして!?」

二人は同時に叫んで、大慌てで船梯子を駆け降りる。

その勢いにクロちゃんが背中にしがみ付くように爪を立ててきたが、そんなことに構っている場合ではなかった。

船梯子を降り切って息子のところに駆け寄ると、ジョーダンが歓声をあげてハリエットに飛び付いてくる。

「おかたまっ!」

「ジョーダン!」

再会を喜び抱き締め合う母子を見ていると、兄がニコニコしながら傍に来た。

「おかえり〜」

「ただいま……って、兄さん、どうしてここに?」

「いやぁ、宰相閣下から君たちがカタリナで下船して戻ってくるって聞いたからさ〜。宰相閣下が軍用機関車でカタリナに向かうっておっしゃるから、ジョーダンと一緒に便乗させていただいて、迎えに来ちゃった」

「む、迎えにって……！」

「すごいよねぇ。軍用だけあってものすごく速いんだよ。ジョーもすごく喜んでた！　船より汽車の方が速いんだって、宰相閣下に教えてもらったよ」

「そ、それは、これが客船ということもあるので……」

このオデュッセウス号の最高時速は二十一ノット――時速三十四キロメートルだ。これに対し軍用蒸気機関車の時速は百十九キロメートル。意外かもしれないが、船よりも三倍近く汽車の方が速いのだ。この船は大きいだけあって重量がものすごいから、当然と言えば当然なのだが。

とはいえ、本国からこのカタリナまで、軍用機関車でも一晩はかかる距離だ。

二歳の子どもを連れてずいぶんと無茶をする、と啞然としていると、兄はぽりぽりと頬を搔きながら「面目ない」と謝ってきた。

「ジョーの面倒は任せておいて～なんて大口叩いたんだけど、初日の夜からジョーが泣いちゃってね～……。おかたま、おとたま、って君たちのこと呼んで、何をやっても泣き止まなくて大変だったんだ……。もうおいおい泣いて、可哀想で見てられなくてね……。戻ってくるなら、このまま泣かせて待ってるより、汽車に乗って迎えに行った方が、ジョーも泣き止んでくれるかなと思ったんだ〜」

大成功だったよ〜とのんびりとした口調で語る兄の言葉を、アーヴィングは身体の芯が震えるような気持ちで聞いていた。

「ジョ、ジョーダンが、呼んだのですか？『おとたま』って？本当に？」

弟の問いの意味が分かったのだろう。

ナサニエルはメガネを指で押し上げながら、クスッと笑って頷いた。

「本当だよ。ジョーはね、お前のことも、ちゃんと大好きなんだよ」

本当だろうか。こんなダメな父親なのに、息子は好きでいてくれるのだろうか。

胸がいっぱいになって息子の方を見れば、ジョーダンはハリエットに抱かれながらこちらをじっと見つめていた。

「おとたま」

子ども特有の高い声で呼ばれ、アーヴィングは思わず姿勢を正して「はい」と返事をする。

それがおかしかったのか、ジョーダンは「きゃっ」と声を立てて笑い、それからこちらへ向けて両手を伸ばした。

『抱っこして』の合図だ。

「――っ」

アーヴィングは息を呑み、無我夢中で腕を伸ばして息子の小さな身体を抱き取った。

甘いミルクのような匂いがして、「おとたま」と息子が囁く声が聞こえる。

愛しくて大切な存在をしっかりと抱き締めて、アーヴィングは言った。

「愛しているよ、ジョーダン」

あとがき

　この本を手に取ってくださってありがとうございます。

　こちらは『三年後離婚するはずが、なぜか溺愛されてます』の続編となっておりまして、前作同様、アーヴィングとハリエットが主人公です。

　実は私、続編を書かせていただくのは初めてでして、ドキドキしながら書きました。いろんな意味でドキドキしたのですが、一番ドキドキだったのは、ちゃんと物語になるかどうかというドキドキ（ヒヤヒヤ）でした（ドキドキ何回言うんや）。

　というのも、私が初稿を書いている段階でテーマを見失ってしまったからです。

　ジャンルが恋愛ですので、当然前作で主人公たちの恋物語は既に両思いのハッピーエンドを迎えております。一度決着したカップルのその後の恋愛を主軸に恋愛小説を書くのは、私にとってなかなか難儀だったのです。

　初稿を提出後、編集様から改稿の相談をされた時に「主軸がない」とご指摘を受け、確かにと頷いてしまいました。

（折角信じ合ってハッピーエンドを迎えた二人の関係をあまり壊したくないから、間男や間女は登場させたくない。だったらイチャラブだけで乗り切るか……？　いや無理だ。文庫本一冊をそれだけで乗り切るスキルを私は持ち合わせていない……！）

　己の能力の低さを嘆きつつ葛藤した結果、恋愛の次の段階に進んでもらおうと思いました。つまり、これは二人がパパとママになるための物語です。

　とはいえ、二人のイチャラブはかなり盛り込んだつもりですので（※当社比）、そちらも楽しんでいただけると嬉しいです。

　そしてもちろん、私が愛してやまないクロちゃんも健在です！

　そのクロちゃんをほんっとうに愛らしく描いてくださったのは、前作同様、ウエハラ蜂《はち》先生です！　もちろん、アーヴィングの麗しさ、ハリエットの可憐さも必見です……！　ウエハラ先生、今回も素敵なイラストをありがとうございました！

　そして担当編集者様。毎回へっぽこで申し訳ございません……！　担当様と一緒に作品を作れて本当に幸せです。毎回苦しいですが楽しくてなりません。本当に面倒を見てくださってありがとうございます……！

　この本が世に出るために尽力してくださった全ての皆様に、感謝申し上げます。

　最後に、ここまで読んでくださった皆様に、愛と感謝を込めて。

春日部《かすかべ》こみと

Sonya
ソーニャ文庫

この本を読んでのご意見・ご感想をお待ちしております。

◆ あて先 ◆

〒101-0051
東京都千代田区神田神保町2-4-7 久月神田ビル
㈱イースト・プレス　ソーニャ文庫編集部
春日部こみと先生／ウエハラ蜂先生

三年《さんねん》後《ご》離婚《りこん》するはずが、なぜか溺愛《できあい》されてます～蜜月旅行編《みつげつりょこうへん》～

2023年9月7日　第1刷発行

著　者　春日部《かすかべ》こみと
イラスト　ウエハラ蜂《はち》
装　丁　imagejack.inc
発行人　永田和泉
発行所　株式会社イースト・プレス
〒101－0051
東京都千代田区神田神保町2－4－7 久月神田ビル
TEL 03－5213－4700　FAX 03－5213－4701
印刷所　中央精版印刷株式会社

ISBN 978-4-7816-9754-3
定価はカバーに表示してあります。